천마사냥꾼

운경 현대 판타지 장편소설

WISHBOOKS MODERN FANTASY STORY

천마사냥꾼 10

운경 현대 판타지 장편소설

초판 1쇄 찍은 날 | 2018년 5월 28일
초판 1쇄 펴낸 날 | 2018년 6월 4일

지은이 | 운경
펴낸이 | 예경원

기획 | 위시북스
편집책임 | 이규재
편집 | 이즈플러스

펴낸곳 | 예원북스
등록번호 | 제396-2012-000132호
등록일자 | 2012. 7. 25
KFN | 제1-264호

주소 | 경기도 고양시 일산동구 호수로 646-24 위너스21 II 빌딩 206A호 (우)10401
전화 | 031-819-9431 팩스 | 031-817-9432
E-mail | yewonbooks@naver.com

ISBN 979-11-6098-948-9 04810
    979-11-6098-441-5 (set)

천마사냥군

운경 현대 판타지 장편소설

WISHBOOKS MODERN FANTASY STORY

10

Wish
Books

천마사냥꾼

CONTENTS

제32장
거미 사냥

1

유성은 살아 있었다.

대기권의 마찰열이 온몸을 불사르는 와중에도 불길은 유성에게 아무런 영향도 미치지 못했다.

타오르는 것은 기껏해야 몸통에 난 약간의 체모뿐. 유성에게 있어선 사소한 피해조차 될 수 없었다.

유성의 이름은 아라크네.

본질을 꿰뚫어 볼 줄 모르는 무지한 인간들이 지어줄 법한 이름이었다.

그리고 인간들은, 그 무지의 대가를 치르게 될 터였다.

대재앙급 마수 아라크네가 십수 ㎞ 상공으로부터 지상을 향해 낙하했다.

팟!

백색 섬광이 세상을 집어삼켰다. 그 위에 존재하는 모든 게 빛으로 물들었다.

낙하지점은 발사 지점과 동일한 황강댐 저수지. 그 근처에 있던 마수와 기간틱 아머가 한순간에 증발했다.

콰과과과!

불길의 뒤를 이은 후폭풍이 대지를 찢어발겼다.

황강댐은 소멸했다. 그 상공에 있던 비행선들 또한 폭풍우 속 낙엽처럼 어지러이 휘날렸다.

백호 또한 예외는 아니었다.

"꺄아아악!"

"으아악!"

이리 뒤집히고 저리 뒹구는 사령선.

승무원들은 몸을 가누지 못한 채 애처로이 비명을 쏟아낼 따름이었다.

그나마 그들은 사정이 나았다. 지상, 그것도 댐에 가까이 있던 이들은 비명을 지를 새도 없이 탄화되어 사라졌으니까.

"크…… 으윽!"

엎어져 있던 김성렬이 책상을 짚고서 힘겹게 일어섰다. 넘어지는 과정에서 어디에 부딪혔는지 이마가 피로 홍건했다.

"상황을, 피해 상황을 보고하라!"

"지…… 지금 확인 중입니다."

모니터를 주시하던 오퍼레이터가 울컥하여 손으로 입을 가렸다.

참혹한 전장의 모습이 대형 모니터 위로 떠올랐다. 황강댐이라 불리던 건축물은 사라졌다. 그곳에 남은 것은 불길과 연기를 토해내는 무저갱의 아가리뿐. 푹 파인 크레이터 안으로 얼마 안 되는 임진강의 물줄기가 떨어져 내리고 있었다.

"1대대와 3대대…… 전 기체의 신호가 끊어졌습니다."

김성렬은 질끈 눈을 감았다. 자신의 입으로 돌격 명령을 하달한 부대, 댐과는 가장 가까이 위치했던 부대들이었다.

"2대대의 병력 소모는 1/3가량. 다행히 4대대는 전력을 보존 중입니다."

"비행선단의 상태는?"

"전 기체 무사합니다."

그나마 불행 중 다행.

특히나 수송선들이 무사하다는 게 위안이었다. 그렇다고 해도 2개 대대의 전멸이 뼈아픈 것은 여전했지만.

"놈을 반드시 이 자리에서 제거해야 한다. 이곳에 뼈를 묻는 한이 있어도!"

위험하지 않은 S급 마수가 어디 있겠느냐만, 그것을 감안하더라도 아라크네는 지나치게 위험했다.

핵 때문은 아니었다. 초고열의 폭발 정도로 작동할 만큼 핵탄두란 물건은 단순하지 않았다. 오히려 이런 폭발 속에선 기폭 장치가 녹아내려 먹통이 될 가능성이 높았다.

진정 무서운 점은 아라크네의 사거리. 미세한 각도 조정만으로도 초장거리 타격이 가능하리라는 것.

그것이야말로 정말로 공포스러운 점이었다.

만약 아라크네가 조금만 방향을 틀고서 상공으로 치솟았다면?

수십 ㎞ 떨어진 거리의 도시로 떨어져 내리는 것도 불가능하진 않을 터였다.

"기타 마수들의 상황은?"

"조금 전의 궤도 폭격으로 상당수가 소멸했습니다. 하지만 여전히 물러나거나 달아나진 않고 있습니다."

그럴 것이다. 놈들이야 아라크네에게 세뇌당한 꼭두각시에 불과하니까.

어디까지나 문제는 아라크네였다. 조금 전과 같은 비상식적인 공격을 재차 감행하게 둘 수는 없었다.

"2대대와 4대대를 크레이터 안으로 진입시킨다. 앞서와 같은 공격을 남발할 수는 없을 터. 다음 공격을 펼치기 전에 죽여야 한다!"

사령관의 명령이 하달됐다. 후방에 있어 직접 타격을 입지 않았던 2대대와 4대대의 기간틱 아머들이 크레이터의 능선을 타고 내려갔다.

능선은 지옥의 내리막길이었다. 충돌 시에 발생한 초고열로 인해 대부분의 땅이 녹아내린 뒤였다.

숨이 턱 막힐 정도의 열기는 덤.

방열 시스템이 갖춰져 있는 호국이라 해도 안심할 순 없었다.

그래도 가야만 했다. 동료들의 복수를 위해서라도. 그리고 살아남기 위해서라도. 놈에게 여유를 줘선 안 된다는 것을 기갑병들 또한 본능적으로 인지하고 있었다.

화악.

연기가 기갑 부대를 덮쳤다. 호국의 라이더들은 음파탐지기가 전송하는 3D 맵에 의존하여 전진해 나아갔다.

"명심해라. 조금만 수상한 게 나타나더라도 바로 보고해야 한다!"

"정신 똑바로 차려. 상대는 S급이다. 한시도 마음을 놓아선 안 된다!"

"허무하게 죽은 동료들의 원수를 갚자!"

소대장들이 연신 부하들을 독려했다. 사기진작의 목적도

물론 있겠지만 본인들의 공포를 몰아내려는 의도도 다분히 섞여 있는 행동이었다.

스스스스.

연기가 차츰 걷히기 시작했다.

일촉즉발의 상황.

사령선 백호를 비롯한 비행선단 역시 크레이트 위를 배회했다. 다만 중심 쪽으로 너무 다가가진 않았다. 혹시 모를 도약을 염려한 것이었다.

취이이익!

돌연 연기 너머에서 들려오는 굉음.

섬뜩한 소리에 병사들이 경직된 순간, 연기를 뚫고서 아라크네의 거체가 뛰쳐나왔다.

콰과과광!

아라크네는 육탄 돌격만으로 3기의 호국을 종잇조각처럼 구겨 버렸다. 게다가 거기서 그치지 않고 16개의 다리 중 일부를 내뻗었다.

채찍처럼 휘둘러진 다리들이 기간틱 아머들을 훑고 지나갔다. 치솟는 폭염 뒤로 산산이 박살 난 부품들이 흩날렸다.

"아라크네가 육탄전에 들어갔습니다!"

"포탄과 네이팜을 퍼부어! 2대대와 4대대에는 퇴각 명령을 내려라!"

아라크네의 머리가 허공으로 향했다.

8개의 홑눈에 8기의 비행선이 비쳤다.

끼릭! 끼리릭!

16개의 다리가 나선형으로 비틀리며 땅을 파고들었다. 앞선 것에 비하면 극히 적은 회전. 대신에 신속했다.

터엉!

아라크네가 땅을 박차고 치솟았다.

최초의 도약보다도 떨어지는 스피드와 점프력. 그래도 비행선이 부유 중인 고도까지 닿기엔 충분했다.

아라크네는 허공에서 16개의 다리를 쫙 펼쳤다. 그리고 그대로 비행선에 달라붙었다. 사령선의 호위함 중 하나인 제4흑표였다.

콱!

아라크네가 갑판 위에 이빨을 박았다. 각각의 다리 끝의 뾰족한 발톱이 비행선의 장갑 곳곳을 드릴처럼 파고들었다.

"우와악!"

"아아아악!"

공포 섞인 비명이 터져 나오는 가운데 제4흑표가 기우뚱 측면으로 쏠렸다.

장갑 안으로 파고든 다리들이 뱀처럼 질주하며 비행선 내부를 찢어발겼다.

콰광!

제4흑표가 추락하던 과정에서 폭발했다. 아라크네의 다리 중 하나가 기어코 연료실을 뚫고 들어간 것이다.

아라크네는 타오르는 선체에서 훌쩍 뛰어내렸다. 하필 그 아래엔 퇴각 중이던 2대대와 4대대가 있었다.

쾅!

대지와 충돌한 마수가 능선을 타고 데굴데굴 굴렀다. 미처 피하지 못한 호국들이 볼링공에 맞은 핀처럼 날아갔다.

마치 장난감을 가지고 노는 듯한 광경.

마수에게 농락당하고 있음을 깨달은 김성렬이 피가 나도록 입술을 깨물었다.

"예상을 넘어선 괴물이군."

백진율이 중얼거렸다. 적시운은 대답하지 않고서 침묵했다.

그들이 있는 곳은 크레이터가 내려다보이는 구릉 위. 일단은 상황을 관조하기 위해 올라온 차였다.

"혼자 잡을 수 있을 것 같나?"

"목숨을 건다면. 너는 어떻지?"

"대충 비슷해."

자존심 강한 두 무인이 침묵을 지켰다. 두 사람 모두 인간 중에선 최강급이었으나 상대는 태생적으로 격이 다른 괴물이었다.

"저런 걸 잡겠다고 혼자 온 건가, 천무맹주?"

"그건 너 역시 마찬가지 아닌가, 천마 사냥꾼."

"……그냥 이름으로 부르자고."

"동의한다, 적시운."

"좋아. 백진율, 원래 네 계획은 뭐였지?"

"한국군이 아라크네와 싸우는 동안 허점을 포착, 최강의 초식으로 끝장을 본다."

적시운은 쓴웃음을 지었다. 자신의 계획과 거의 같았기 때문이다.

그리고 그 계획은, 시도하기 전부터 물거품이 되려 하고 있었다.

2사단이 약한 것은 아니었다.

그들의 사령관이 실수한 게 있다면 무턱대고 병력을 전진시킨 것.

정보가 부족한 상황에서 보다 신중하지 못했던 게 뼈아팠다.

"미끼를 보낸 놈의 특수 능력부터 파악했어야 했다. 설령 파악했더라도 상황이 크게 달라졌을 것 같진 않지만."

아라크네는 강했다.

황혼의 순례자와는 다른, 정반대의 강함이었다. 순례자가 단단하고 묵직하다면 아라크네는 가볍고 날카로웠다. 묵묵히 버티며 꿋꿋이 전진하는 순례자와 달리, 아라크네는 미친 듯이 쇄도하고 쉼 없이 날뛰었다.

"어쩌면 그 점을 역이용할 수 있을지도 모르지."

"음?"

"나는 저 거미를 사냥할 생각이다. 너는 어떻지?"

백진율의 눈에 호승심이 감돌았다.

"물론 놈을 해치울 생각이다. 처음부터 그럴 생각으로 온 것이었고."

"휴전은 여전히 유효한 건가?"

"놈의 숨통을 끊기 전까진."

"코어의 분배는?"

"잡은 후에 생각하지."

"뒤통수 치는 짓거리 따윈 안 하겠지?"

백진율의 얼굴에 미세한 불만이 떠올랐다.

"나는 천무맹의 맹주. 맹의 명예를 걸고 말하지. 그런 치졸한 짓 따위는 하지 않는다."

"명예 같은 건 믿지 않지만, 일단은 넘어가지."

"너도 배신하지 않겠다고 맹세해라."

"그러지. 천마의 이름에 대고 맹세라도 할까?"

"……됐다. 명예가 없는 이름에 맹세해 봤자 무의미할 터."

[저런 개호로잡것.]

"푸핫."

불시에 터져 나온 천마의 한마디에 적시운이 웃음을 터뜨렸다.

백진율의 심각한 얼굴에 의문이 떠올랐다.

"왜 웃는 거지?"

"아니, 아무것도 아냐. 어쨌든 사냥을 시작하자고. 괜찮은 계획이라도 있나?"

"딱히. 보아하니 계획은 네가 가지고 있는 듯한데."

"그래, 네가 협력한다는 전제하에서의 얘기지만."

"협력하겠다."

적시운은 상공을 가리켰다. 2사단의 사령선인 백호가 고속 이동 중이었다.

"우선은 2사단장과 담판을 짓는다. 이러니저러니 해도 그들의 협력이 필요한 게 사실이니."

"사령관과 얼굴을 맞대고 얘기할 셈인가?"

"못할 것도 없잖아?"

백진율이 마뜩잖은 듯 얼굴을 구겼다.

"정 싫다면 나 혼자 다녀오지."

"그러는 게 낫겠군. 천무맹에 대해서는 발설하지 마라."

"안 해. 뭐 대단한 놈들이라고 동네방네 떠들겠어?"

백진율의 미간에 골이 파였다. 적시운은 피식 웃고서 백호 쪽으로 신형을 날렸다.

허공을 박차고 날아가 비상용 콕핏에 도착, 문을 열고 안으로 들어섰다. 침입자를 감지한 선내 센서가 적색경보를 터뜨렸다.

적시운은 내부 구조를 확인하고 곧장 사령실까지 짓쳤다. 시우보와 설매경신을 병행하여 펼치니 어느 누구도 적시운을 뒤쫓지 못했다.

스르릉.

문이 열리자마자 십여 개의 총구가 적시운을 겨눴다. 그 한가운데에 권총을 쥔 김성렬이 있었다.

"네놈은 누구냐!"

"적시운."

짤막한 대답. 그것만으로도 모든 것이 설명됐다.

김성렬은 그렇게까지 놀라지는 않은 얼굴이었다.

"앞서 제방에서 싸우던 건 자네였던가?"

"그렇습니다."

"이 시급한 상황에 이곳까지 뚫고 들어온 이유가 뭐지?"

"마수를 앞에 뒀으니 뻔한 것 아니겠습니까?"

적시운이 말했다.

"거미 사냥에 협조 좀 해줘야겠습니다."

2

－육군 2사단의 전술 훈련이 금일 오전 9시를 기점으로 시작되었습니다. 개성에서 시작된 훈련은 황해도 남부와 군사분계선을 지나 양주에 도착함으로써 끝나게 됩니다. 해당 지역은 훈련 기간 동안 군부의 통제하에 들어가게 되니 이동 시에 유의하시기 바랍니다.

"요새도 저런 개소리를 진지하게 믿는 놈들이 있으려나?"

냉소적으로 중얼거린 백현준이 채널을 돌렸다. 하지만 TV에 나오는 건 온통 뉴스뿐. 케이블 채널에서도 오래된 고전 영화만 반복 상영되고 있었다.

"저 시퍼런 외계인 나오는 영화는 대체 몇 번을 본 건지 모르겠슴다."

"쳇."

TV를 끈 백현준이 리모콘을 내던졌다.

마른오징어를 안주 삼아 맥주를 들이켜던 박수동이 딸꾹

질을 했다.

"끄윽. 근데 선배, 근무 시간에 이러고 있어도 됩니까?"

"뭔 근무 시간? 우리 더 이상 수비대 소속 아니다."

"예예, 이제는 뭐 데몬 뭐시기 길드원입죠. 근데 어쨌건 간에 요런 데 짱박혀서 뒹굴뒹굴할 때는 아닌 것 같은데."

"우리야 시키는 일만 잘 따르면 그만이지. 그 외에는 윗분들이 신경 쓸 문제고."

"신경 쓸 사람이 있긴 합니까?"

"차 선배가 있잖아."

"아, 그러네. 그 얼음 여왕."

박수동이 맥주를 후루룩 들이켰다.

"근데 진짜 얼굴은 어지간한 탤런트 뺨치고도 남던데요? 동기나 선배 중에 들이대는 양반도 적지는 않았을 것 같은데."

"예전부터 인기는 많았지. 대체로 그녀가 어떤 사람인지 알게 되면서 떨어져 나가기 일쑤였지만."

"차도녀라서?"

"그것도 그런데, 지독할 정도의 워커홀릭이야."

맥주를 캔을 홀짝이던 백현준이 눈을 흘겼다.

"근데 너, 은근히 말 놓는다? 존댓말 쓰는 법 좀 혓바닥에 새겨주랴?"

"어, 죄송합다. 살짝 머리통이 알딸딸해서……."

"맥주 처먹고 알딸딸은 얼어 죽을."

백현준은 빈 맥주 캔을 구겨서 던졌다. 맥주 캔은 평평한 쓰레기통 뚜껑 위에 안착했다.

과천 지상 특구, 데몬 오더의 아지트.

건물 안은 고요했다. 내부에 자리한 인원은 제법 되었으나 대부분 자리만 지키고 있는 실정이었기 때문이다.

졸지에 발령이 난 입장이다 보니 다들 서먹서먹했다.

위에서 명령이라도 떨어지면 좋으련만, 그런 기색도 전혀 없었다. 그저 긴장 속에서 시간만 흘려보내는 중.

기실 대부분의 신경은 황해도 쪽 소식에 쏠려 있었다. 백현준이나 박수동 같은 예외도 있기는 했지만 말이다.

사실 착 가라앉은 분위기와 동떨어진 곳이 하나 더 있기는 했다.

문제는 그게 데몬 오더의 간부실이란 거였고.

"그러니까 이걸 잘 먹어야 여기서 인정받을 수 있다는 거야?"

"네."

"요새는 꼭 그렇지만도……."

"쉿!"

적세연이 검지를 입 앞에 가져다 댔다. 말을 다 마치지 못한 차수정이 쓴웃음만 지었다.

"흐음."

밀리아가 눈매를 좁힌 채 접시를 내려다봤다.

고춧가루와 양념으로 범벅이 된 배춧잎. 바보가 아닌 이상 매운 음식이란 걸 모를 수가 없었다.

하지만 그녀는 그리 대수롭지 않게 생각했다. 자신 있었기 때문이다.

"어디."

밀리아는 포크로 배춧잎을 냅다 찍어선 입안에 털어 넣었다. 그리고 적당히 씹어 삼켰다.

"나쁘지 않네. 이것만 먹는 것보단 다른 거랑 같이 먹는 게 좋겠어. 고기라든지, 햄이라든지."

"에이, 재미없어."

적세연이 입술을 비죽 내밀었다. 그 반응에 밀리아는 회심의 미소를 지었다.

"훗, 매운 음식이 너희만의 전유물인 줄 알았니? 이 정도는 제국 남부의 칠리 요리에 비하면 아무것도 아니지."

"멕시코풍 요리 말이죠?"

"멕…… 그게 뭐야?"

"멕시코 있잖아요. 미국 남부에 있는 나라."

"으엉……?"

"멕시코 모르세요?"

밀리아가 멍하니 입을 벌렸다.

"제국인에게 있어선 북미 제국만이 세계 유일의 국가야."

소파에 엎드린 채 책을 읽던 헨리에타가 말했다.

"나라에서 그렇게 가르치거든. 밀리아는 그냥 바보라서 모르는 거지만."

"야!"

밀리아가 소리쳤지만 헨리에타는 무시했다. 적세연도 마찬가지였다.

"어, 그래요?"

"마수들에 의해 세상이 초토화되었고 살아남은 국가는 제국이 유일하다. 그게 북미 제국 정부가 시민들에게 말하는 진실이거든."

"우리가 아는 것과는 정반대네요. 우린 미국이 가장 먼저 멸망했다고 배웠거든요."

"교육이란 가르치는 사람 마음대로인 법이니까. 하물며 역사라고 해도 말이지."

"근데 리타 언니는 그게 거짓이란 걸 알고 있었나 봐요?"

"웬만한 사람들은 다 알지. 정말 아무것도 모르게 되는 건 우리 아래 세대부터일 거야. 조금 더 시간이 흐른 뒤엔 제국이 말하는 이야기가 진실이 되어 있을 테고."

"그러려나요?"

"확실히는 몰라. 어쨌든 제국 정부가 노리는 게 그거란 것만은 확실해."

적세연이 약간 감탄한 얼굴로 고개를 끄덕였다.

"역시 리타 언니, 밀리아 언니랑은 다르시네요."

"뭐가 어째?"

밀리아가 적세연의 양 관자놀이를 주먹으로 슬쩍 눌렀다. 적세연이 자지러지는 소리를 냈다.

"꺄악! 엄마! 나 죽어!"

"엄살은! 힘도 제대로 주지 않았거든?"

"진짜 아프단 말이에요! 오빠한테 다 이를 거야!"

움찔한 밀리아가 손을 뗐다. 적세연은 눈물이 그렁그렁한 얼굴로 헨리에타에게 매달렸다. 읽던 책을 덮은 헨리에타가 나직이 한숨을 내쉬었다.

"잘 하는 짓이다, 둘 다. 장난 좀 적당히 치고 얌전히들 있어."

"하지만 저 괴력녀가 자꾸 괴롭히잖아요."

"뭐가 어째? 세연이 너!"

재차 아옹다옹하는 두 사람.

헨리에타의 눈빛이 착 가라앉았다.

"그만하지 않으면 정말 화낸다."

"……."

"넵."

두 사람이 얌전해졌다.

한숨을 내쉰 헨리에타가 차수정에게로 고개를 돌렸다.

"미안해요, 수정 씨."

"제게 미안해하지 않으셔도 돼요, 헨리에타 씨."

"이 바보들 때문에 방해가 되는 건 아닌지 모르겠어요."

"괜찮아요. 뭔가 활기찬 느낌도 들어서 좋은걸요."

그때 그렉이 문을 열고 들어왔다.

평소가 흐린 날씨라면 지금은 소나기를 동반한 먹구름 같은 느낌. 나름대로 흥분했을 때의 반응이었다.

"무슨 일이야?"

헨리에타의 질문에 그렉이 말했다.

"이 나라의 지하 언론도 제법 배짱이 있더군."

"응? 그게 무슨 말이야?"

그렉이 PDA를 내밀었다. 노이즈가 가득한 화면에 언뜻언뜻 영상이 흘러나오고 있었다.

번쩍이며 날아가는 광체들은 비행선이 쏟아내는 예광탄.

그걸 몸으로 받아내며 날뛰는 것은 거미의 형태를 한 마수였다.

"이거, 설마……?"

"인터넷 언론에서 이 영상을 스트리밍하고 있다. 중앙 언론의 거짓 뉴스를 정면에서 깨부순 것이다."

네 여인의 머리가 PDA 화면 앞으로 몰렸다. 머리가 몰리니 자연히 몸끼리 부대꼈다.

"시운 님은? 시운 님 모습이 좀 보여?"

"지금 확인하려고 하잖아."

"엉덩이 좀 치우세요, 밀리아 언니!"

"저, 저도 같이……."

그 서슬에 PDA를 뺏긴 그렉은 자연히 바깥으로 밀려났다.

"……그래, 너흰 원래 이런 녀석들이었지."

혀를 차며 중얼거리는 그렉. 여인들은 듣지도 못한 듯 자기들끼리 재잘대고 있었다.

"그런데 그새 둘이 늘어버렸군."

"어처구니가 없군. 지금 거미…… 아라크네 사냥에 협력해 달라고 한 건가?"

"그렇습니다."

사령실 안의 분위기가 험악해졌다. 적시운은 그 공기에 위축되지 않고 반문했다.

"싫습니까?"

"나는 대한민국 육군 중장이다."

김성렬이 싸늘하게 내뱉었다.

"국민의 세금으로 살아가는 내가, 국가 반역자의 제안 따위를 진지하게 받아들일 것 같나?"

"나는 국가 반역자가 아닌데요. 내각 의원들한테나 반역자지."

"작금의 대한민국에 있어선 내각의 적이 곧 국가의 적이다."

"그럼 조금만 기다리시죠. 그 잘난 작금의 대한민국, 제가 뒤엎어 놓을 테니."

"……."

김성렬은 복잡한 심경 속에서 적시운을 바라봤다. 엄밀히 말하자면 그 또한 내각과 척을 진 입장. 내각 의원들이 그런 것처럼 적시운을 적대하진 않았다.

"적시운이야말로 그 대한민국의 위해 요소입니다."

"대한민국 내각의 위해 요소일 테지."

국정원장 서상진과 나누었던 대화. 조금 전 적시운이 꺼낸 말은 김성렬의 생각과 맞닿아 있었다.

적시운이 말을 이었다.

"말 돌리는 건 질색이니 단도직입적으로 말하죠. 지금 당신네 목숨을 수렁에서 건져낼 수 있는 건 그 반역자뿐입니다."

"……."

"만약 이게 헛소리라고 생각하신다면 마음대로 하십쇼. 더 할 말은 없습니다."

적시운이 몸을 돌렸다.

"기다리게."

김성렬의 목소리는 차분했다.

"내, 한 가지만 자네에게 묻지."

"뭡니까?"

잠시 고민하던 김성렬이 말했다.

"대한민국의 제식 기함엔 이능력 억제 장치가 항시 가동되고 있네. 설령 A랭크 능력자라 해도 이 안에선 일반인과 다를 게 없어."

"압니다."

"한데 자네는 그런 핸디캡을 가지고서도 여기까지 뚫고 들어왔지. 그 실력만큼은 인정하겠네. 그렇다면 남는 쟁점은 하나뿐이지."

"말씀하시죠."

"자네의 목적. 그러니 묻겠네. 자네는 무엇을 위해 싸우는가?"

"나 자신."

적시운은 지체하지 않고 말했다.

"그리고 나 자신의 역량이 허용하는 한도 내에서의 주변 사람들. 대략 그 정도일 겁니다."

"그런가."

"제가 뭐 특출한 성인군자도 아니고, 전지전능해서 모두 다 잘살게 만들 능력이 있는 것도 아니고. 그러니 제 앞가림이나 잘하는 수밖에요. 겸사겸사 주변 사람도 좀 챙기고."

적시운은 어깨를 으쓱했다.

"그저 그뿐입니다."

"그렇군."

김성렬은 피식 웃었다.

"호화로운 장광설을 쏟아냈다면 자네를 경멸했을 걸세. 멋들어진 이상론을 늘어놓았다면 비웃었을 테고."

"어느 쪽도 아니니 합격인 모양이군요."

"그렇다고 해두지. 우리가 무얼 협력하면 되겠나?"

"통신기로 말씀드리죠. 바깥에서도 준비해야 할 게 있어서."

"그러게."

김성렬이 소형 통신기를 던졌다. 그것을 받아 든 적시운이 사령실을 나섰다.

"괜찮겠습니까, 사령관님?"

옆에 있던 부관이 물었다. 이미 김성렬은 평소의 엄격한 얼굴로 돌아와 있었다.

"반란군의 수괴와 거래를 한 셈이니, 군인 실격인 셈이로 군. 돌아가는 대로 처분에 따라야겠지."

"사령관님……."

"그 정도면 제법 싼 값이 아닌가? 아라크네를 멸하고 2사 단을 살리는 대가치고는."

김성렬은 대형 모니터 속 아라크네를 노려보았다.

"그거면 충분하네."

적시운이 사령선 백호에서 빠져나오자 백진율이 다가왔다.

"교섭은?"

"성립했어. 2사단이 우리와 함께 싸울 거다."

"좋군. 그러면 이제 말해보시지. 어떤 플랜으로 아라크네 를 사냥할 거지?"

적시운은 아라크네를 내려다봤다. 16개의 다리를 지닌 대 재앙급 마수는 비행선의 포격을 피해 능선을 미끄러지고 있 었다.

"플랜 A와 B가 있어."

"A부터 듣지."

"놈의 다리를 하나씩 노려 절단한다."

"정공법이군. 그렇다면 플랜 B는?"

"그것도 어찌 보면 정공법이지."

아라크네를 내려다보는 적시운의 눈이 서늘히 빛났다.

"놈이 지닌 최고의 무기를 역이용한다."

3

콰과과광!

기간틱 아머 호국들이 쏟아내는 폭염. 그 위로 아라크네의 몸체가 튀어 올랐다. 16개의 다리를 촉수처럼 달고 치솟는 그 모습은 거미보다는 해파리에 가까웠다.

"그럼 우선은 플랜 A인가?"

백진율의 질문.

적시운은 운철검을 뽑아 들었다.

"그래."

"좋다. 일단은 네 지시에 따라주지."

파팟.

두 개의 신형이 동시에 튀어 나갔다.

내공의 격차는 어쩔 수 없는 듯 백진율의 신형이 적시운을 앞질러 갔다.

"먼저 치겠다."

"좋을 대로."

파앙!

백진율이 재차 허공을 박차며 가속했다. 아지랑이처럼 일렁이는 신형이 아라크네의 정면으로 쇄도했다.

쉬리릭!

몇 가닥의 다리가 촉수처럼 날아들었다. 백진율은 그 틈새로 미끄러지며 검격을 떨쳤다.

카가가각!

허공에서 번뜩이는 마찰열의 불꽃.

이를 바라보는 적시운의 내부에서 묵직한 박동이 울렸다.

[세류매화보(細柳梅花步)에서 구궁열화검(九宮熱火劍)으로 이어지는 수법이라. 화산이로군. 그것도 나름의 개량을 가한.]

천마의 음성에서 상반된 두 가지 감정이 느껴졌다. 적의와 경탄이었다.

[제법이긴 하군. 본좌에 비하자면 턱없이 모자란 애송이지만.]

'그러시겠지.'

피식 웃은 적시운 또한 속도를 높였다. 신서울에서도 펼쳐 보였던 경신술과 염동력의 결합.

순간적으로 음속을 넘어선 적시운의 신형이 허공을 갈랐다.

카가각!

역시나 미친 듯이 튀어 오르는 불꽃.

그러나 다리를 가르진 못했다.

한 번의 공격만으로 상황을 파악한 적시운이 미간을 구겼다.

'타격의 대부분을 흡수해 버렸다.'

유능제강(柔能制剛)이라던가?

촉수에 가까운 아라크네의 다리가 타격 시의 대미지 대부분을 흘려냈다.

직접적으로 검기와 접촉한 표면이 갈라지긴 했으나 전체에 비하면 극히 일부에 불과했다.

쐐액!

다리 하나가 적시운에게로 날아들었다. 자세히 보니 끄트머리 부분만을 경화시켜 창날처럼 만들어 놓았다.

채찍의 유연성과 창격의 날카로움이 결합된 공세.

적시운이 피하자 곧바로 타깃을 바꾸어 백진율에게로 쇄도했다.

"흥!"

코웃음을 친 백진율이 내공을 끌어올렸다. 육체를 감싼 호신강기가 은은한 청백광을 뿜었다.

"경화됐다는 건 깨지기도 쉽다는 뜻!"

재차 구궁열화검을 펼치는 백진율.

청백색 불꽃에 휩싸인 그의 검이 아라크네의 발끝과 충돌했다.

쾅!

폭염이 사위를 휩쓸었다.

적시운은 후폭풍을 피해 땅에 안착했다. 기감을 펼치니 백진율의 신형은 이미 수십 m를 튕겨 나간 모양. 그 와중에도 중상은 없다는 게 용할 따름이었다.

─S급 마수와 정면으로 붙다니. 제정신이 아니로군.

통신기에서 흘러나오는 목소리. 김성렬이었다.

"보고 있습니까?"

─그렇다네. 너무 빨라서 제대로 보고 있는 건지 혼란스럽긴 하지만. 몸은 좀 괜찮나?

"아직까지는 멀쩡합니다."

─자네 파트너는?

"파트너 아닙니다."

퉁명스레 대꾸한 적시운이 힐끔 뒤를 돌아봤다. 튕겨 나갔던 것과 비슷한 속도로 백진율이 되돌아오고 있었다.

고통보다는 분노가 가득한 얼굴이었다. 마수 따위에게 튕겨 나간 게 자존심이라도 건드린 모양이었다.

"어쨌든 멀쩡해 보이는군요."

쿠궁!

먼 방향에서 흙먼지가 치솟았다. 아라크네가 뒤늦게 착지한 모양이었다.

적시운은 주변을 살폈다. 궤멸 직전까지 몰렸던 2대대와 4대대 기갑 병력은 전열을 가다듬은 뒤였다.

적시운과 백진율이 시간을 벌어준 덕택이었다.

"남은 병력 전부 강하시키십시오. 몰이사냥을 해야 할 것 같으니."

─몰이사냥?

"놈을 압박해야 합니다. 전 병력에 방패를 세우라고 전하십시오. 스크럼을 짜는 겁니다."

─으음, 알겠네.

김성렬이 곧장 사단 전체에 명령을 전파했다.

기갑병들은 옛 로마 병사처럼 방패를 세우고 일렬로 섰다. 그리고 아라크네가 추락한 방향으로 천천히 나아갔다.

푸확!

흙먼지를 뚫고서 아라크네가 솟구쳤다. 나풀거리는 다리들 중 하나가 체액을 쏟아내고 있었다. 조금 전의 충돌에서 상처를 입은 모양.

그것을 본 백진율이 만족한 표정을 지었다.

"그럼 그렇지."

"큰 피해는 아니니 금세 재생할 거다."

과연 흘러나오던 체액 줄기가 눈에 띄게 약해졌다.

백진율의 이마 위로 힘줄이 불끈댔다.

"그럼 재생 못 할 때까지 후리고 패면 되겠군."

"맨손으로 퍼낸다고 강물이 마를까? 쓸데없는 생각 말고 기운 아껴."

"……."

백진율은 마뜩잖은 표정으로 팔짱을 꼈다.

"보아하니 플랜 A는 이미 폐기된 모양이군. 지금부터 플랜 B로 넘어가는 건가?"

"몇 가지 더 확인 좀 해보고."

"구체적으로 무엇을?"

"본체의 방어력, 핵심을 공격하려 들 때의 반응 및 행동 패턴. 일단은 이 정도. 버릇이나 약점을 발견할 수 있다면 더 좋고."

"버릇이라. 마수에게도 버릇이 있다고 보나?"

"세 살부터 여든 살까지 가는 게 버릇이니까. 놈이 생물이라면 가지고 있을 가능성이 매우 높지."

묘한 설득력 앞에 백진율은 살짝 고개를 끄덕였다.

"좋다. 방법은?"

우우웅.

내공을 끌어올린 적시운이 말했다.

"물론 정공법이지."

"흠."

파팟!

두 신형이 재차 아라크네를 향하여 날았다. 기갑 부대를 향해 돌진하려던 아라크네가 허공에서 돌연 방향을 틀었다. 적시운과 백진율이 적잖이 껄끄러운 모양이었다.

아라크네가 향한 곳은 크레이터 쪽.

두 사람은 그대로 뒤를 쫓았다. 이윽고 크레이터의 상부에서 격돌이 벌어졌다.

촤르르륵!

파파팡!

허공에서 연신 소닉붐이 터져 나왔다.

70m 이내의 공간을 자유로이 점할 수 있는 16가닥의 촉수, 순간적으로나마 음속을 뛰어넘은 스피드를 낼 수 있는 두 초인.

그들이 펼치는 공방은 인간의 인지력을 뛰어넘은 수준이었다.

육안으로 지켜보는 이들도, 모니터로 주시하는 이들도 정확한 상황 파악을 하지 못했다. 그저 고차원적인 공방이 펼쳐지고 있다는 것만을 실감할 뿐.

'제법 합이 잘 맞는데.'

적시운은 내심 쓴웃음을 지었다.

분명 적으로 맞붙은 상대이며 앞으로도 그렇게 될 가능성이 높은 입장. 그럼에도 두 사람은 수십 년 지기 친구보다도 합이 잘 맞았다.

그러지 않으면 안 될 상황이란 게 역시 컸지만.

두 팔과 두 다리에 한 자루의 검만을 지닌 인간이다 보니 생길 수밖에 없는 필연적인 빈틈. 이를 서로가 메워주지 않고선 16개의 촉수 공격을 막아낼 길이 없었다.

─틈을 만들 수 있겠나?

백진율의 전음이었다.

적시운은 두 가닥의 촉수를 천랑섬권으로 튕겨내고서 소리쳤다.

"아니!"

─그럼 내가 하겠다. 그 틈에 본체에 한 방 먹여라.

백진율이 크게 숨을 들이켰다. 그의 단전에서 활화산처럼 치솟는 내공이 느껴졌다. 지금까지와는 차원이 다른, 정말 특대라는 게 느껴지는 힘.

"지금!"

외침과 함께 백진율이 검격을 떨쳤다. 적시운에게 먹였던 것을 상회하는 규모의 검강이 바닥을 후려치는 폭포수처럼 퍼져 나갔다.

카가가각!

강타당한 샌드백처럼 튕겨지는 촉수들.

기회를 포착한 적시운이 허공을 박차고 본체를 향해 쇄도했다. 동시에 백진율 역시 다른 방향으로 신형을 날렸다. 아라크네의 판단력에 일말이나마 혼선을 남기기 위함.

과연 몇 가닥의 촉수가 뒤늦게 백진율을 쫓았다. 대다수는 적시운을 추격했으나 조금 전에 비해 크게 둔해진 뒤였다. 기감으로 살피니 갈퀴로 긁어낸 듯한 생채기가 다리 표면에 수도 없이 나 있었다.

[구상무극검(俱傷無極劍)……. 종남의 검법이군. 깊음이 없으나 표면에 가해지는 타격만큼은 수위를 다투지. 물론…….]

"당신한테는 안 된다는 거지!"

기합성을 토한 적시운의 오른팔이 흑색으로 물들었다. 검은 불꽃에 휘감긴 운철검을 곧추세운 적시운의 신형이 아라크네의 본체를 향해 쇄도했다.

천마검(天魔劍) 자식(刺式) 제사초.

유성락(流星落)의 초식이었다.

쾅!

거대한 굉음이 상공을 흔들었다.

직경만 30m에 달하는 아라크네의 거체가 대지를 향해 떨어져 내렸다.

적시운은 그 본체에 찰싹 달라붙은 채 필사적으로 신형을 밀어붙였다.

카각. 카가가각!

운철검의 검신 위로 대량의 불꽃이 솟구쳤다. 칠흑색의 천마검기와 뒤섞인 불꽃이 기기묘묘한 빛을 뿌렸다.

쉬리리릭!

그 와중에도 날아드는 촉수들. 본체에 타격을 주는 한이 있어도 적시운을 죽이고 말겠다는 게 느껴졌다.

"쳇!"

적시운은 표면을 박차고서 물러났다. 아슬아슬하게 촉수들이 스쳐 지나갔다. 결과적으로 자기 몸을 때리게 된 아라크네가 한층 빠르게 지상으로 떨어졌다.

운철검은 절반가량 파고들어 간 뒤. 표면을 감싼 장갑조차 전부 꿰뚫지 못한 셈이었다.

쾅!

앞선 것들의 배는 됨직한 흙먼지가 치솟았다.

멀리 물러나 숨을 고르는 적시운에게로 백진율이 다가왔다.

"나였다면 꿰뚫었을 것이다."

"어련하시겠어."

짤막히 대꾸한 적시운이 크게 한숨을 토했다.

"다음번엔 댁이 먹여."

"내가 말인가?"

"그러려고 온 거잖아. 저 자식을 잡으려고."

"흠."

"필살의 절초쯤은 아껴두고 있겠지? 아까 그게 최강의 한 방은 아닐 것 아냐."

"그렇긴 하지."

"그러니 먹여. 당신 말마따나 뚫을 수 있을 것 같으니."

백진율의 표정이 진지해졌다.

"이번과 같은 방식으로?"

"아니, 더는 먹히지 않을 거야. 놈도 한 번 당했으니 대비를 할 테고."

키에에엑!

기괴한 괴성이 터져 나왔다. 아라크네가 토해내는 괴성임이 분명했다.

"약이 바싹 올랐군. 그리 아프진 않지만 기분은 최악일 테지. 미생물이나 다름없는 존재에 의해 땅에 처박혔으니."

"마치 놈이 인간이라도 되는 것처럼 말하는군."

"저 정도 마수라면 지성 역시 결코 낮지 않아. 인간이 느낄 법한 자존심이나 우월감 같은 감정도 당연히 지니고 있을 거다."

"그런가. 좋다. 그럼 플랜 B를 실시하는 건 지금부터인가?"

"그래, 놈의 방어 능력에 대해선 대강 감 잡았어."

아라크네의 자체 방어력은 황혼의 순례자보다 높았다. 대신 재생력 측면에서 보자면 한참 뒤떨어진다는 게 적시운의 판단이었다.

'순례자의 재생력은 대미지를 가볍게 상회하는 수준이었지.'

아라크네는 그렇지 않았다. 촉수가 지닌 압도적인 스피드와 체질 변환 능력, 그리고 본체의 탄탄한 방어도는 분명한 강점이었다. 하지만 공략 못 할 정도는 결코 아니었다.

무엇보다도 이쪽의 전력이 순례자 때보다 뛰어났다.

2사단보다는 길드 연합이 우위이긴 했지만 백진율의 공격력이 아킬레스의 능력을 아득히 뛰어넘는다는 게 컸다.

적시운은 통신기로 입을 가져갔다.

"스크럼을 짠 기갑 병력으로 놈을 포위하고 함선들로 포격하십시오. 놈에게 답답함을 느끼게끔 만드는 겁니다."

―알겠네.

반지름 100m의 포위망이 구축됐다. 촉수의 공격 범위를 상정한 최소한도의 거리.

그 상공에서는 기함 백호가 이끄는 비행선단이 포격을 쏟아냈다.

호국 부대 역시 이에 호응하여 개틀링을 마구 갈겼다.

아라크네도 가만히 있지만은 않았다. 사방팔방으로 날뛰며 호국 부대를 후려갈겨 댔다. 그럴 때마다 적시운과 백진율이 필사적으로 놈을 포위망 중앙으로 몰아붙였다.

호국이 적지 않은 피해를 입었지만 앞선 상황에 비하면 양호한 수준이었다.

아라크네 또한 치명상을 입진 않았지만 포위망을 깨뜨리진 못하고 있었다.

차츰 초조함을 느낄 법한 시점.

끼릭. 끼리릭……!

희미하지만 분명한 소리가 들려왔다.

적시운이 기다려 온 소리였다.

4

"놈이 도약하려 한다. 그것도 크게!"

적시운의 외침에 백진율이 눈을 빛냈다.

"맨 처음의 그것처럼?"

"그래."

"이걸 기다렸던 거군. 아니, 이렇게 되게끔 유도한 건가?"

몰이사냥.

이것으로 적시운이 언급했던 단어의 의미가 분명해졌다.

원래의 몰이사냥이 목표한 공간으로 사냥감을 몰아붙이는 식이라면, 이번 것은 아라크네의 심리를 의도대로 몰아붙였다고 볼 수 있었다.

"조만간 놈이 초대형 도약을 펼칠 거다. 방향을 가늠하는 건 어렵지 않아. 이동 구조상 놈이 중도에 방향을 틀 가능성도 0에 가깝고."

"날아드는 낯짝에 공격을 처박는다는 거군."

아라크네의 상대속도까지 더해진 일격.

그 위력이 평소의 배 이상이라는 것쯤은 불 보듯 뻔했다.

문제는 치고 들어가는 입장에서도 반작용을 고스란히 받으리라는 것.

"할 거라면 놈의 육체를 깔끔하게 관통해야 해. 그러지 않으면 충돌의 반동을 고스란히 받게 될 거다."

"흠."

최소한으로 잡아도 수십 톤의, 초음속으로 쇄도하는 거대한 물체와 정면충돌한다. 초인이라 해도 버텨낼 수 있을 리만무했다.

"관통한다고 해도 반동이 전혀 없진 않을 거다. 하지만 그나마 최소화할 수는 있겠지."

"무슨 말인지 알겠다."

백진율이 검을 들어 올렸다.

"튀어 오르는 놈을 꿰뚫는 건 내 몫이다, 이거군."

"아니."

적시운이 고개를 저었다.

"나도 함께하겠다."

"아까 전엔 나더러 먹이라고 하지 않았던가?"

"그랬지. 하지만 성공 확률이 높은 건 이쪽이다. 굳이 그걸 택하지 않을 이유는 없잖아?"

"나 혼자서도 충분하다."

"알아. 그쪽을 못 믿어서 이러는 게 아니라, 최선의 경우를 택하겠다는 것뿐이다. 어떤 변수가 생겨날지는 알 수 없는 일이니까."

끼리릭. 끼리리릭!

다리들이 뒤틀리는 소리가 한층 선명히 들려왔다. 쏟아지는 포화를 본체의 갑각만으로 버티며, 아라크네는 다리들을 비틀어 압축시키고 있었다.

─놈이 또다시 도약하려 들 걸세! 비행선단을 물려야 할 것 같네!

"그러십시오. 다만 포격을 멈춰선 안 됩니다. 기갑 부대도 자리를 지켜야 하고요."

─놈이 낙하하게 되면 이 일대가 쓸려갈 걸세. 지상 병력

들도 전멸을 면하지 못할 테고.

김성렬의 어조가 심각해졌다.

─그렇게 되지 않게끔 막을 수 있겠는가?

"예."

─그러지 못하면?

"다 죽겠죠. 근데 지금 병력을 빼면 놈을 놓치게 될 겁니다. 어느 쪽이 더 큰 손해일지 판단해 보시죠."

─……포위망을 유지하겠네. 반드시 놈을 해치워야 하네!

십자포화가 계속되었다. 비행선단은 아라크네와 거리를 벌리면서도 화력을 낮추지 않았다. 기갑 병력 역시 개틀링을 미친 듯이 갈겨댔다.

콰과과과!

폭풍우처럼 쏟아지는 포탄.

아라크네의 표피 위로 불길과 연기가 연신 치솟았다.

그러는 동안에도 아라크네는 집요하게 다리들을 압축시켰다.

적시운과 백진율은 예상 경로와 시점을 가늠했다. 그리고 시간이 얼마 남지 않았음을 직감하고는 신형을 날렸다.

"놈이 온다!"

"알고 있다!"

파앗!

쏜살처럼 튀어 나가는 두 개의 신형.

그와 거의 동시에, 아라크네는 16개의 다리를 펼쳤다.

파앙!

살아 숨 쉬는 대재앙이 대지를 박차고 솟구쳤다.

흑과 백으로 타오르는 두 개의 송곳니가 상공으로부터 내리꽂혔다.

충돌은 필연적.

양측 모두 방향 전환은 불가능했다. 이제 와서 몸을 틀기엔 쌍방의 스피드가 너무나⋯⋯.

'생각보다 느리다!'

찰나의 순간이었다. 본능에 가까운 깨달음이 적시운의 뇌리를 스쳤다.

눈치챈다는 게 거의 불가능할 정도의 사소한 차이.

그러나 분명히 맨 처음의 도약보다는 느렸다.

이어진 전투로 인해 부상을 입어서? 나름대로 체력 소모가 있었기에?

그럴 리는 없었다. 순례자만큼은 아니더라도 상처 재생 능력을 지닌 아라크네였고 대재앙급 마수답게 체력 또한 초월적인 수준이었다.

그렇다면 답은 하나뿐.

'일부러 최대 속도를 내지 않았다.'

적시운은 모든 감각을 총동원해 주변을 살폈다. 죽기 직전에 주마등이라도 스치듯, 세상 전체가 느리게 흘러가고 있었다.

양손으로 검을 쥔 채 허공을 가로지르는 백진율. 그 반대편, 몇 가닥의 다리를 촉수처럼 휘두르는 아라크네.

'다리라고?'

네 가닥의 다리를 전방으로 뻗고 있었다. 유성의 꼬리처럼 뒤로 쭉 뻗은 나머지 12개와 달리.

'12개의 다리만을 도약에 이용했다!'

이내 머릿속에서 결론이 도출됐다. 아라크네 또한 적시운의 계획을 예측, 그에 대한 방비를 한 것이다.

저 4개의 다리로 두 사람을 상대하려는 생각일 터.

죽이지 않고 쳐 내기만 하더라도 되었다. 일단 대기권까지 상승한 후 낙하한다면 열기까지 더해져 상대하기가 더욱 까다로울 테니까.

백진율은 다른 행동을 취하지 못하고 있었다. 변수를 깨닫지 못했거나, 깨달았더라도 변화를 주기엔 너무 늦은 듯했다.

'그렇다면 나는?'

순례자의 코어를 흡수한 적시운은 그 힘을 모조리 상단전에 투자했다. 그 결과 머리에 한정된 일종의 환골탈태를 겪게 되었다.

랭크 차이가 압도적인 에블린의 기억 조작에도 당하지 않은 것은 그 덕이었다. 물론 천마라는 제2의 자아의 도움도 있기는 했지만.

펜타그레이드의 세뇌 앞에서 적시운을 보호했던 그 힘이, 지금 다시 펼쳐지고 있었다.

쌍방이 초음속으로 행동 중인 찰나의 순간, 적시운은 모든 판단을 마치고서 행동에 들어갔다.

"크아앗!"

파앙!

기합성을 토하며 운철검의 궤도를 뒤틀었다.

그로 인해 육체에 상당한 부하가 걸렸지만 적시운은 개의치 않았다.

"……!"

백진율은 뒤늦게 변수를 감지했다. 적시운이 무언가를 시도하고 있다는 것도.

하지만 그는 이미 초식 전개에 들어간 상황. 이제 와 멈추거나 변화를 줄 여력은 없었다. 그랬다간 아라크네에게 당하기에 앞서 기혈이 뒤틀릴 수도 있었기에.

할 수 없이 그대로 짓쳐 나갔다. 변수 대응은 적시운에게 맡긴 채.

쉬리리릭!

공기의 벽을 찢어발기며 네 가닥의 촉수가 쇄도했다.

아라크네는 이미 계산을 마친 뒤.

목표는 백진율이었다. 그가 적시운을 상회하는 공격력을 지녔다고 확신했기 때문이다.

쐐애액!

촉수들의 첨단이 백진율을 노리고 날아들었다. 그러나 백진율은 오로지 본체만을 노려보고 있을 따름이었다.

번뜩!

검은빛의 섬전이 작렬했다.

천마검기를 잔뜩 머금은 운철검이 네 촉수의 궤적을 찢어발겼다.

새파란 하늘과 함께.

콰드드득!

무시무시한 상대속도로 충돌한 칼날과 촉수들. 채찍과 같은 촉수들의 탄성도 이 상황에선 무의미했다.

촤아아악!

운철검이 그대로 네 다리를 베어냈다. 지지대를 잃은 촉수들이 활처럼 휘며 상공으로 어지러이 날아갔다.

백진율을 가로막는 장해물은 이제 아무것도 없었다.

"타앗!"

검강을 한껏 머금은 칼날을 곧추세운 백진율이 아라크네

를 향해 쇄도했다.

청백색의 뇌광이 마수의 몸 위로 내리꽂혔다.

꽈릉!

검뢰신악살(劍雷神惡殺)의 절초.

검강의 뼈대를 지닌 뇌전이 마수의 몸을 그대로 관통했다.

직경만 3m에 이르는 거대한 구멍이 아라크네의 본체 중앙에 생겨났다.

콰득! 콰드드득!

검강은 단순히 구멍을 뚫는 데 그치지 않았다. 막대한 기운이 아라크네의 몸속에서 소용돌이쳤다. 근섬유와 내장들이 찢겨 나가고 체액들이 끓어올랐다.

푸화아악!

구멍을 통해 터져 나온 체액은 그대로 기화되었다. 몸이 뻥 뚫린 마당에도 아라크네는 여전히 상공으로 치솟고 있었던 까닭이다.

"크……!"

백진율은 이를 악문 채 신음했다.

그의 검은 산산이 쪼개진 뒤. 검병을 쥐었던 양팔 또한 벌겋게 부어올라 있었다. 충돌 시의 반동을 양팔이 고스란히 받은 결과였다.

적시운이 그 곁으로 다가왔다. 백진율보다는 외관상 멀쩡한 모습. 그러나 내부가 엉망이 된 탓에 낯빛은 파리했다. 그래도 고통을 내색하지 않은 채 담담히 말했다.

"쫓아가지. 코어를 회수해야 하니까."

"알겠다."

대기권에 진입한 아라크네가 타오르기 시작했다. 본체가 뻥 뚫리고 안팎으로 엉망이 된 탓인지 육체 붕괴 또한 일어나고 있었다.

"완전히 뒈진 모양이군."

"그래."

순례자와 같은 초월적인 재생력을 지니지 않았다는 게 새삼 다행이었다.

하기야 그 정도 재생력에 저런 스피드까지 겸했다면 S랭크 엘리트 레벨로 끝날 리도 없을 터였다.

두 사람은 추락하기 시작한 아라크네의 본체에 접근, 화염을 뚫고서 코어를 회수했다.

"몸뚱이는 내버려 둬도 되겠나?"

"추락하더라도 아까 같은 폭발을 일으키진 못해. 이미 육체 상당 부분이 소멸했잖아."

그래도 혹시 몰랐기에 백진율은 본체를 향해 발차기를 먹였다.

타오르는 살점이 갈가리 찢어지며 붕괴가 가속화됐다.

한반도의 악몽이 될 뻔한 마수, 아라크네는 대기권의 마찰열 속에서 소멸했다.

지상에 착지한 두 사람은 누가 먼저랄 것 없이 주저앉았다.

하나같이 엉망진창의 몰골. 불길을 뚫고 나온 탓에 상처가 악화되어 있었다.

그래도 비교적 멀쩡한 상태인 것은 호신강기와 염동력 배리어 덕택이었다.

"사실상 단둘이서 대재앙급 마수를 해치운 셈이군. 이 정도 공적은 천무맹에서도 세운 적이 없었는데."

적시운은 대꾸하지 않았다.

전투 중엔 그렇게나 손발이 잘 맞았는데, 막상 끝나고 나니 대화를 하는 것부터가 어색하기 짝이 없었다.

"너희, 천무맹의 목적은 뭐지?"

백진율이 적시운을 응시했다.

"작게는 중화인민공화국의 안녕을 도모하고, 크게는 천하 유일의 무맥을 널리 떨친다."

"큰 것과 작은 것이 거꾸로 된 것 아닌가?"

"아니, 제대로 된 게 맞다. 중화당도 인민들도, 모두 본맹을 위해 존재하는 것이니."

"그리고 천무맹은 너를 위해 존재하고?"

백진율의 입가가 미소를 그렸다.

"글쎄."

두 사내는 침묵 속에서 서로를 응시했다. 머릿속으로는 자신들의 몸 상태와 상대방의 저력을 가늠하며.

코어를 사이좋게 나눠 가질 생각 따윈 처음부터 없었다. 그럴 수 있는 물건이 애초부터 아니었고.

금전화한다면 반으로 나눌 수야 있겠지만 양쪽 모두 그런 경우는 생각조차 않았다.

"아마도 노사는 미친 듯이 반대할 테지만."

백진율이 말했다.

"나는 네가 제법 마음에 들었다, 적시운."

물끄러미 백진율을 바라보던 적시운이 피식 실소했다.

"웃기지도 않는군. 아까는 날 산 채로 데려가 실험체로 써먹겠다더니?"

"그랬었지. 하지만 조금 전의 전투를 통해 생각이 바뀌었다. 나는 공과 사가 명확한 사람이거든."

"촉수에게서 구해준 일 때문인가?"

"구해줬다는 표현은…… 조금 어폐가 있군. 네가 아니었어도 내가 당하거나 죽진 않았을 테니까."

"말은 잘하는군."

"그건 너 역시 마찬가지다."

백진율이 코어를 든 손을 내밀었다. 팔뚝과 삼두근이 눈에 띄게 부어 있는데도 그는 아픈 내색 하나 하지 않았다.

"이걸 네게 고스란히 넘겨줄 수도 있다. 이와 비슷한, 혹은 이 이상의 에너지를 지닌 코어도 넘겨줄 수 있다."

"……."

"그러니 묻지."

백진율이 진지한 어조로 말했다.

"천무맹의 일원이 되지 않겠나?"

5

적시운은 냉소했다.

"거절하리란 것쯤은 이미 알고 있겠지."

"……그래."

한숨을 뱉은 백진율이 코어를 던졌다. 적시운은 미심쩍어하면서도 코어를 받아 들었다.

"뭐지?"

"코어는 네 것이다. 이 전투에서 가장 혁혁한 공을 세운 건 다름 아닌 너니까."

"이렇게나 쉽게 넘겨준다는 게 어째 의심스러운데."

"받기 싫다는 건가?"

"그건 아니지만."

적시운은 안주머니에 코어를 집어넣었다. 그것을 본 백진율이 핵 몸을 돌렸다.

"다시 만나는 날엔 적이겠군. 내게 죽는 날까지 다른 놈에게 뒈지지 말아라."

"내빼도록 내버려 둘 것 같나?"

"아서라. 네 몸은 만신창이다."

"그건 너도 마찬가지지."

"그래, 그런 우리가 지금 싸우면 웃게 되는 건 과연 누구일까?"

쿠구구구.

거대한 그림자가 둘의 머리 위로 드리웠다. 대한민국 육군 제2사단 공중 기함, 백호였다.

"승자가 누가 되었든 간에 웃는 것은 저들이 될 것이다. 그래도 좋나?"

"……."

적시운은 살기를 거두었다.

사실 그 또한 진지하게 백진율과 사생결단을 낼 생각은 없었다.

지금 당장은.

"타임 슬립 프로젝트는 너희가 획책한 일이었지? 대체 그 계획의 목적은 뭐였지?"

고개만 돌린 백진율의 눈에 희미한 이채가 스쳤다.

"글쎄……. 하지만 네가 예기치 못한 변수라는 것쯤은 말해줄 수 있겠군."

"중국, 나아가 세계를 지배하는 게 너희들의 목적인가?"

"세계 지배? 흥. 이미 난장판이 되어버린 세계 따위는 얼마든지 쥐고 흔들 수 있다. 천무맹과 나의 목적은 그리 하찮은 것이 아니다."

"그렇다면?"

"구원. 천마로부터 인류를 구하는 것이다."

"……인간 천마를 말하는 것 같지는 않군."

아포칼립틱 데몬 로드.

세상의 정점에 자리 잡은 최강의 마수.

그 외형조차 불확실한, 반쯤은 이론적으로나 확인이 된 존재였다.

"현시대를 지배하는 것은 인간이 아니다. 우리는 이 세계의 주도권을 다시 인간에게로 되돌릴 것이다. 마수들의 손아귀로부터 말이야. 물론……."

백진율이 냉소를 머금었다.

"그 세상을 주도하는 것은 우리 천무맹의 몫이고."

"……."

"너는 본맹의 무학 발전에 있어 좋은 소재가 될 것이다.

다시 만나는 날을 기대하지."

백진율이 신형을 날려 멀어졌다.

―잠깐 대화 좀 나눌 수 있겠나?

통신기에서 들려오는 목소리. 김성렬이었다.

―함재기를 내리지. 아니, 자네라면 그냥 날아서 올라타도 되겠군. 어떻게 하겠나?

"됐습니다. 여기서 얘기하죠."

―그러지. 이 대화는 기록으로 남지 않을 걸세. 이 국가를 대표할 수는 없겠지만, 2사단을 대표해 자네들에게 말하겠네. 고맙네.

"매장되어 있다는 핵은 어쩔 생각입니까?"

―찾아내어 회수하고 처리해야지. 마수들의 세상에서 핵은 골칫거리에 지나지 않으니까.

적시운은 침묵했다. 차라리 저들보다 먼저 핵을 회수할까하는 생각도 들었다. 무기가 되지 못하더라도 괜찮은 협상용카드가 될 수는 있을 터. 챙겨서 나쁠 것은 없을 터였다.

그러나 당장은 무리였다. 백진율의 지적대로 몸 곳곳이 삐걱거리고 있었다. 초음속의 경계 속에서 무리하게 변초를 펼친 결과였다. 지금으로선 몸을 회복시키는 게 최우선이었다.

"알겠습니다. 수고하셨습니다."

―대한민국 내각이 자네를 눈엣가시로 여기고 있다는 건

알고 있겠지?

적시운의 눈빛이 착 가라앉았다.

"물론입니다."

─이번 일로 더 심해질 것일세. 자네들과 아라크네 간의
전투가 영상으로 기록되었으니까. 내각 측으로 영상 데이터
가 실시간 전송되는 형태인지라 삭제할 수가 없었네.

"상관없습니다."

어차피 예상한 바였다. 구태여 자신의 힘을 숨길 이유도
없었고.

─되도록 자네와 맞서는 일이 없었으면 좋겠군. 무운을 빌
겠네.

"감사합니다."

적시운은 통신기를 버렸다.

머리 위에 떠 있던 백호가 기갑 부대 쪽으로 움직이기 시
작했다.

황강댐의 전투는 그렇게 마무리되었다.

적시운은 곧장 과천 특구로 돌아가진 않았다. 그 전에 몸
을 회복시키고 코어를 흡수할 생각이었다.

황해도의 이름 없는 산.

산사태로 생겨난 자연 동굴 안에 자리를 잡았다.

지난번처럼 일주일 가까운 시간을 소요할 생각은 없었다. 이미 한차례 해봤기에 익숙해진 바, 빠르게 코어 에너지를 흡수하고 돌아가기로 했다.

[이번엔 내공 증진이로군. 그 영단이 품고 있는 기운은 지난번 거북이 놈과 비슷할 테지?]

"코어 레벨은 한 단계 아래야."

[약간 적다는 소리인가?]

"약간보다는 좀 더 격차가 크지."

미네르바의 디스플레이를 주시하며 적시운이 말했다.

"그렇다 해도 엄청난 규모라는 데엔 변함이 없지만."

[흠, 지난번 영단과 비슷한 수준이라 가정했을 시, 본좌의 인도만 잘 따른다면 자네는 단번에 입신지경의 문턱에 다다를 수 있을걸세. 물론 내공에 한정했을 때의 얘기지만, 자네라면 능히 외공의 격을 끌어올리는 것도 가능할 테지.]

"놈과 비교한다면?"

[놈? 천무맹의 그 호로자식 말인가?]

천마가 서늘히 웃었다.

[다음번에 만났을 땐 능히 수라검강(修羅劍罡)을 놈의 낯짝에 처박을 수 있을 것이네.]

"수라검강?"

[천마검기의 상위 영역, 천하의 모든 것을 능히 벨 수 있는 필살의 검강!]

"뭐든 벤다고 약 파는 것들치고 정말로 그런 건 하나도 없던데."

[흠흠, 말이 그렇다는 거지. 어쨌든 사람 탈을 쓴 것들과 저 괴물 놈들 중에 자네의 검을 받아낼 존재는 손에 꼽게 될 걸세.]

"뭐, 좋아. 어쨌든 좋아지면 좋아졌지 나빠질 건 없다는 거잖아?"

[당연하지. 본좌가 언제 자네 엿 먹인 적이 있었나?]

못마땅한 기색이 역력한 천마였다.

피식 실소를 지은 적시운이 코어를 꺼내어 손 위에 올렸다.

사냥을 마친 다음은 먹잇감을 조리할 차례.

코어를 내려다보는 적시운의 눈동자가 은은한 빛을 흘렸다.

"좋아, 해보자고."

김성렬의 말마따나 아라크네 토벌전이 기록된 영상은 실시간으로 대한민국 정부로 전송되었다. 다만 여기서 내각의 실책이 터졌다. 청와대 데이터베이스에 저장된 영상 기록이 외부로 새어 나간 것이다.

　해킹의 흔적은 없었다. 이는 곧 내부 인사가 데이터를 빼돌렸다는 의미. 그 정체를 밝히고자 시도하기도 전에 유출된 영상이 웹상에 올라가고 말았다.

　"업체 쪽에 연락해서 영상 전부 지우고 업로더를 추적하라고 해!"

　"올리는 놈도 다운받는 놈도 모조리 추적해서 잡아들여!"

　황급히 진화에 나섰지만 이미 늦은 뒤. 외국 서버를 우회하여 올라간 영상들은 순식간에 퍼져 버렸다.

　설상가상 적시운과 김성렬 간의 대화 기록까지 유출되었다. 대한민국 육군, 나아가 정부의 신뢰도가 바닥을 치는 순간이자 적시운의 존재가 세상에 각인되는 순간이었다.

　이능력자와는 확연히 다른 전투 방식. 그리고 단둘이서 S급 마수를 해치울 정도의 강력함.

　한반도 전체로 조용한 전율이 퍼져 나가고 있었다.

　흑룡방의 무인들이 신서울을 방문한 것은, 바로 그런 시점이었다.

　"후우우."

고뇌 가득한 한숨 소리에 백진율은 쓴웃음을 지었다.

"어차피 언젠가는 밝혀질 일이었소, 노사. 그게 조금 앞당겨졌다고 생각하시오."

"예, 언젠가는 밝혀질 일이었습죠. 하나 이런 식은 아닙니다. 이래서야 맹주께오서 놈의 끄나풀로만 보이잖습니까?"

"어차피 그게 나라는 걸 알 만한 자도 거의 없잖소."

"극소수지요. 하지만 그 극소수가 워낙 난장 맞으니 문제입니다."

"중화당 쪽에서 클레임을 걸어왔나?"

"심인평과 그 부하 놈들이 아주 지랄발광을 하고 있습니다."

백진율은 혀를 찼다.

"하여간 겁들은 많아서. 호들갑 떨 일 없다고 전하시오. 적시운 건은 내가 알아서 처리할 테니."

"어찌하여 놈을 죽이지 않으셨습니까?"

"상황이 좋지 않았소. 죽이고 빠질 만큼 여유롭지 않았지."

침상에 누워 있던 백진율이 상체를 일으켰다.

"그대로 싸웠다면 놈도 필사적으로 발악했을 거요. 게다가 머리 위엔 한국군의 비행선이 떠 있었지. 자칫하면 협공당할 위험이 컸소. 동귀어진의 가능성도 무시할 수 없었고."

그 점에 대해선 무백노사 또한 반박할 수가 없었다. 확실히 당시 정황이 백진율에게 너무 불리하게 돌아갔다.

"하지만 걱정 마시오. 놈에 대한 배려는 이걸로 끝이니."

백진율이 딱 잘라 말했다.

"다음에 만나게 되면 누구의 방해도 없이 자웅을 겨룰 수 있을 거요. 그리고 마지막까지 서 있는 자는 내가 되겠지."

"맹주의 필승이야 믿어 의심치 않습니다. 하오나 그 전에 끝맺을 수 있는 일이라면 쉬운 길을 택하는 게 순리가 아니겠습니까?"

"흑룡방 얘기인가?"

"예."

무백노사의 두 눈이 싸늘한 빛을 토했다.

"중화당을 통해 한국 정부의 협력 약조도 받아냈습니다."

"그런가."

"적시운 그놈을 완전히 고립시킬 계획이 있습니다. 토벌 영상이 널리 퍼진 것이 놈에게는 독이 된 셈이지요."

무언가 계획이 있다는 의미.

그것을 허락한 이는 다름 아닌 백진율 본인이었다.

이로써 적시운이 제거된다면, 아쉽긴 해도 어쩔 수 없는 일이었다.

"가능한 내 손으로 끝내고 싶었지만…… 그런 욕심으로 본 맹의 대사를 그르칠 순 없겠지."

"지당하신 말씀입니다."

"알겠소. 그렇다면 그 계획이란 뭐지?"

"전투 영상을 유출시킨 자가 누군지는 몰라도 그 방식을 고스란히 이용할 것입니다."

고개를 조아린 무백노사가 냉소를 머금었다.

"영웅에서 극악무도한 살인마로, 놈의 평판은 곤두박질치게 될 겁니다."

신서울 내각 회의장.

대표 격으로 참석한 5인의 의원들은 난감한 표정을 짓고 있었다.

그 반대편, 흑색 피풍의로 몸을 감싼 이들은 목석처럼 무표정했다.

얼굴의 대부분을 가린 복면. 그 너머의 눈빛은 보는 이의 심장조차 얼어붙게 만들 것 같았다.

"놈을 제거하는 건 우리의 몫. 하지만 이대로 제거해 봐야 놈은 열사나 영웅으로만 남게 될 뿐이다."

"하지만…… 그렇다고 해서 이런 짓을 벌여야 한다는 건 너무하지 않소?"

"이대로 있어 봐야 불리한 쪽은 당신들일 텐데? 적시운에 대한 지지가 높아질수록 힘들어지는 건 그대들, 내각 의원들이다."

도저히 부정할 수 없는 말. 신서울 습격 당시의 문제들과 얽혀 현 정부에 대한 국민들의 불신은 하루가 다르게 치솟고 있었다.

"하지만…… 그렇지만……."

"그렇다고 자국의 민간인들을 희생양으로 삼으라니, 그런 계획에 어느 누가 선뜻 동의할 수 있단 말이오?"

"숭고하기 짝이 없는 말씀이군."

흑의인들의 대표가 건조한 어조로 대꾸했다. 억양이 워낙 딱딱하여 실감하긴 어려웠지만, 분명 의원들을 비꼬는 말이었다.

"당신들의 입에서 나왔다는 게 믿기지 않을 정도로 말이야."

"……."

"기억하시오. 당신들은 나라를 팔아먹은 작자들임을. 당파 싸움에서 승리하고자 자신들의 대표를 스스로 제거한 자들임을. 그로써 우리에게 목줄이 채워진 개나 다름없다는 것을."

"크윽!"

의원들이 침음을 흘렸지만 차마 사내의 말에 반박하진 못했다. 모두 사실이었기 때문이다.

사내의 이름은 사설륜. 천무맹이 파견한 암살 집단 흑룡방의 방주였다.

"당신들에게 주어진 선택지는 하나뿐임을 명심하시오."

"정녕…… 그것이 중화당의 뜻이란 말이오?"

내각 의원의 질문에 사설륜은 소리 없이 웃었다.

"그것은 천무맹의 뜻이오."

제33장
혈풍의 밤

1

흑룡방이 회의장을 떠났다.

일방적인 통보를 받은 내각 의원들이 아연한 표정으로 덩그러니 남았다.

"저자들은 미쳤습니다!"

비교적 젊은 의원 하나가 분통을 터뜨렸다.

"저런 간악무도한 계획을 정녕 받아들여야 한단 말입니까?"

"받아들이지 않으면?"

날 선 어조로 대꾸하는 이는 정태산 수상이었다.

그의 낯빛도 결코 밝지는 않았다. 면전에서 자존심을 철저히 짓밟혔으니 당연한 일이었다.

목줄 걸린 개.

그런 모욕을 대놓고 당했음에도 한마디 반박조차 하지 못했다.

사설륜이 지적한 목줄이 실제로 걸려 있기에, 자칫 반항이라도 했다가 몰려올 후폭풍이 두려웠기에.

중화당은 한국 정부의 약점을 틀어쥐고 있었다. 대통령 암살 당시의 대화 내역을 비롯한 정부 측 숨통을 쥐는 자료들이 모조리 중화당의 수중에 존재했다.

그게 밝혀졌을 때의 후폭풍은 한반도를 송두리째 뒤집어엎을 것이다.

내각이 받을 타격은 상상도 할 수 없을 터.

"우리는 시작부터 저들에게 목을 틀어 잡힌 신세였소. 그리고 그건 우리들 스스로가 바란 바였고."

"……."

"받아들여야 한다면 받아들이는 수밖에."

"괜찮으시겠습니까, 수상님? 정말로 민간인들을 사살하는 계획을 묵인하시겠습니까?"

정태산 수상이 짤막한 침묵을 뒤로한 채 말했다.

"그렇소."

"……."

"적시운과 손을 잡는다는 선택지는 이미 오래전에 소멸했소. 남은 것은 놈이 죽거나 우리가 죽거나, 둘 중 하나일 뿐. 이건 김성렬 중장과의 대화록만 봐도 알 수 있는 사실이오."

눈을 뜬 정태산 수상이 좌중을 돌아봤다.

의원들의 눈빛에서 두 가지 심리가 읽혔다.

계획 자체에서 오는 거부감, 자신이 결정권자가 아니라는 데 대한 안도감.

입으로는 옳고 그름을 논하고 있지만 저들이 진정 염려하는 바는 민간인의 목숨 같은 게 아니었다.

'자신들이 개새끼로 보이느냐 마느냐. 결국은 그것뿐.'

지금처럼 총대를 메고 나서는 이가 있는 한, 저들은 결코 반대하거나 저항하지 않는다. 그저 마뜩잖은 표정이나 지어대며 입맛을 다셔대겠지.

누군가는 악역이 되어야 한다. 앞장서서 스스로의 손에 피를 묻혀야 한다.

그러기만 하면 나머지는 일사천리였다. 저런 어쭙잖은 머저리들은 내키지 않아 하면서도 뒤를 따를 것이다.

정치란 결국 그런 것이었다.

"국정원장."

끄트머리에 앉아 있던 서상진이 가볍게 묵례를 했다.

"예, 수상님."

"적당한 장소를 골라 내부도와 상세 정보를 흑룡방 측에 전달하시오. 과하지 않은, 동시에 충분한 희생자가 발생할 만한 곳이어야 하오."

"알겠습니다."

이것으로 주사위는 던져졌다.

성공한다면 대한민국 정부 내각은 명분을 얻게 될 것이다. 반대 의견을 묵살하고 밀어붙이기에 충분한, 그리하여 과천 특구에 군사적 제재를 가하게 만들어줄 명분을.

"2사단장의 처분은 어찌하시겠습니까?"

계획이 시행될 경우 김성렬 중장에게도 국가 반역의 프레임을 뒤집어씌울 수 있다.

정태산 수상은 냉정한 얼굴로 말했다.

"중장의 사택에 병력을 대기시키시오. 달아날 틈을 주지 않고서 구금해야 할 것이오."

"알겠습니다."

일사천리로 진행되는 계획.

다른 의원들은 빠져나올 수 없는 급류에 휘말렸음을 느끼며 흠칫 몸을 떨었다.

죽이거나 죽거나.

이젠 정말 끝까지 가 보는 수밖에 없었다.

이튿날 오후, 신서울 중앙 지구의 쇼핑몰.

10층에 이르는 초대형 건물인 그곳 입구에 흑의를 차려입은 일련의 무리가 나타났다.

무장 상태는 하나같이 동일했다. 조선시대 사극에서나 볼 수 있을 법한 장검 한 자루가 전부.

눈썰미가 좋다면 검신의 형태가 한국식 환도와 다르다는 것을 알 테지만, 그런 차이점을 알 만한 사람은 그곳에 없었다.

처음에는 손님들은 물론, 경비원들조차 신기한 눈으로 바라봤다. 행사나 이벤트의 일환이겠거니 생각했던 것이다.

휘파람을 불거나 야유에 가까운 환성을 뱉는 이들도 여럿.

평화롭기 짝이 없는 반응에 사설륜은 실소를 머금었다.

"조선인이란 참 우스운 족속들이란 말이지. 과거부터 몇 번이고 침략과 침범을 당했음에도 배운 것이 없단 말이야."

스릉.

방주인 그를 따라 흑의인들이 검을 뽑아 들었다. 곳곳에서 카메라 플래시가 터져 나오는 가운데, 사설륜은 건조한 어조로 명령했다.

"살아 있는 것은 모두 베어라."

대참사가 벌어졌다.

앞서 내각 측과 말을 맞춰놓은 대로 지상파 방송국들이 앞다투어 속보를 쏟아냈다. 흑의인들이 검술을 펼쳐 사람들을 도륙하는 장면이 여과 없이 방송되었다.

며칠 전 인터넷을 강타했던 그 영상을 의식했다고밖에 볼 수 없는 장면들이 연출되었다.

−수비군과 특무부가 출동한 가운데, 테러범들은 여전히 쇼핑몰 내부에서 학살을 이어가고 있습니다.

−사상자의 숫자는 최소 300여 명에 이를 것으로 추정되고 있으며, 이는 인간에 의한 대민 테러로서는 최고 수치입니다.

−정부는 테러범들의 소탕에 최선을 다할 것임을 강력히 천명했습니다."

−그런 가운데 이들의 배후로, 얼마 전 시내 테러를 일으켰던 전 특무부 요원 적시운이 지목된 것으로 알려졌습니다.

채널을 돌리던 김무원이 TV를 껐다. 함께 있던 차수정이 입술을 질끈 깨물었다.

"제정신이 아니로군요."

"처음부터 그랬었지. 이제야 본색을 드러냈을 뿐."

"시운 선배에게 누명을 씌우기 위해 자국 시민들을 희생시키다니……. 두 눈으로도 보면서도 믿을 수가 없어요."

"동감일세. 정태산도, 내각 의원들도 모두 제정신이 아니야."

"의원들은 정말 저게 먹힐 거라고 생각한 걸까요? 사람들이 과연 저런 개소리를 믿겠어요?"

"믿고 말고는 중요하지 않네. 반대 의견을 묵살하고서 일을 추진할 수 있을 정도의 명분이 필요할 뿐."

김무원은 무거운 한숨을 내쉬었다.

"시민 단체가 되었든 언론이 되었든, 내각에 반하는 의견과 항의를 내놓을 수는 있을 걸세. 하지만 무의미해. 내각 측은 일단 밀어붙이고서 나중에 수습하자는 생각일 걸세. 적시운의 목을 취하고서 모든 혐의를 뒤집어씌우고 나면 모든 게 끝날 테지."

"쓰레기들……."

"욕한다고 해서 달라질 것은 없네. 아마 저들은 이미 다음 수순에 착수했을 것이야."

"그렇겠죠."

차수정은 핸드폰을 꺼내 들었다. 6인치의 자그만 화면 가득 살육 현장의 영상이 재생되고 있었다.

학살자들은 단 하나의 CCTV도 건드리지 않았다. 마치 자신들의 행적을 자랑이라도 하듯.

지난번 아라크네 사태 때와 달리, 정부는 웹상에 올라오는 CCTV 영상들에 어떤 제재도 가하지 않았다. 여과 없는 살육의 현장이 생생히 전달되었다.

신묘한 움직임을 펼치는 검사들이, 남녀노소를 가리지 않고 학살을 벌이는 역겨운 광경. 광고라도 하는 듯한 그 모습에 차수정은 욕지기를 느꼈다.

"다음 차례는 아마도 이곳일 걸세."

흑의로 몸을 감싼 채 검을 쥔 살인귀들이 과천으로 몰려온다.

차수정은 온몸에 소름이 돋는 것을 느꼈다.

"적시운은 아직 돌아오지 않았나?"

"……네."

"소식도 없었고?"

차수정은 쓸쓸한 표정으로 고개를 끄덕였다.

김무원은 굳은 얼굴로 말을 이었다.

"일단은 우리들만이라도 대비를 해둬야겠군. 적시운의 동료들에게 조언을 구해보는 게 좋을 것 같네."

"그래야겠죠. 당장 오늘 밤을 넘기기 위해서라도요."

데몬 오더 길드에 비상령이 떨어졌다. 전 길드원이 상시 방어 태세에 들어갔다.

차수정은 헨리에타 일행에게서 무공 사용자에 대한 대처법을 듣고는 길드원들에게 전파했다.

"이능력으로는 그들의 내공을 막아낼 수 없어요. 최선책은 공격 자체를 허용하지 않는 거예요."

"평범한 도검이라고 해서 그냥 막아낼 수 있을 거라 생각해선 안 돼. 내공을 조금이라도 실을 수 있다면 장난감 나무칼로도 합금 철판을 잘라낼 수 있는 게 그놈들이야."

"언제 어느 곳에서든 거리를 확보하는 게 우선이다. 놈들 또한 원거리 공격이 가능하긴 하지만, 근거리에서만큼 강력하진 않다. 대신 놈들에겐 삽시간에 거리를 좁힐 수 있는 풋워크 능력이 있다."

헨리에타와 밀리아, 그렉의 조언이었다.

그들이 곁에서 지켜본 무인이라고는 적시운 한 명뿐이었지만, 그것만으로도 대처법을 어느 정도 구상하는 데엔 무리가 없었다.

"저들 또한 우리의 이능력을 내공으로 막을 수 없다는 점이 그나마 위안거리예요. 그 점을 최대한 활용해 보는 수밖에요."

김무원은 권창수와 과천 특구 수뇌부를 찾아갔다.

뉴스 화면을 노려보는 권창수의 얼굴에는 핏기가 없었다.

"제 잘못입니다."

그가 피가 나도록 입술을 깨물었다.

"정부 측 내부자를 이용해 적시운 님의 영상을 퍼뜨린 게 실수였습니다. 설마 놈들이 이렇게 잔인한 강수로 받아칠 거라고는 생각조차 못 했습니다."

"잔학한 수를 택한 놈들이 악한 것이지 귀하의 잘못이 아니오."

"저 검은 옷을 입은 살인마들을 운 좋게 막아낸다 하더라도 이어지는 전쟁을 피할 수는 없을 겁니다."

"여론을 수습하는 건 힘들겠소?"

"저들의 전투 방식은 적시운 님과 거의 같습니다. 물론 유파 간의 세세한 차이는 있겠지요. 하지만 그것을 분간할 사람은 아무도 없을 겁니다. 저들의 배후에 적시운 님이 있을 거라 생각하는 게 이상한 일은 아닐 테죠."

"이성적인 이들이라면 진실을 가려낼 수 있을 거요."

"그럴지도 모르죠. 하지만 정부의 움직임을 저지할 만한 세력을 갖추지는 못할 겁니다. 이번 사태로 인해 대한민국 정부는 적시운과 과천 특구를 쓸어버릴 명분을 얻었습니다."

"……과천 특구가 적시운과 무관하다고 주장한다면?"

"그래도 어려울 겁니다. 국정원장 서상진은 녹록잖은 상대니까요. 이미 우리 주장을 반박할 자료를 확보했을 겁니다. 그게 조작된 것이든, 날조된 것이든."

"전쟁밖에는 없다는 말씀이군."

권창수가 두 손으로 얼굴을 쓸어내렸다.

"적시운 님은…… 아직 돌아오지 않았습니까?"

"돌아올 것이오."

"그렇게 확신하실 수 있다는 게 부럽군요. 솔직히 말씀드리자면, 저는 그가 우리를 버렸을까 두렵습니다."

"가족들을 찾아 지구 반대편에서 돌아온 사내요. 이 정도 일로 그들을 버릴 리는 없소."

"만약 그가 가족들만을 데리고서 떠나 버린다면 어쩌지요?"

"그럴 일은 없을 것이오."

김무원이 힘주어 말했다.

"무력한 2급 사이킥 시절에도 그 누구보다 책임감이 강했던 아이요. 동생 앞에 떳떳한 오빠로 남기 위해서라도 우리를 저버리진 않을 거요."

"진심으로 그를 신뢰하시는군요."

"나는 한차례 그 아이를 죽음으로 몰아넣었었소."

김무원이 쓴웃음을 지었다.

"그런데도 되돌아온 시운이는 신서울에서 나를 구해주었지. 적시운이란 남자는 그런 사내요."

"그렇습니까."

권창수가 나직이 심호흡을 했다.

"알겠습니다. 저도 과천의 시장 대리로서, 마지막까지 의지를 꺾지 않겠습니다."

그날 밤.

흑룡방의 살수들은 과천 특구를 앞에 두고 서 있었다.

2

데몬 오더의 아지트엔 폭풍전야의 전운이 감돌고 있었다.

"정말 오늘 놈들이 쳐들어올까요?"

아티샤의 질문에 차수정은 단호히 고개를 끄덕였다.

"그들은 시운 선배나 과천 특구 측에 발언의 기회를 주려 하지 않을 거예요. 이성적으로 따지면 허점투성이의 상황이니까요."

"아직 사람들이 이성을 되찾지 못한 지금 속전속결로 끝내려 할 겁니다. 일단 죽이고 나면 진실 은폐쯤은 어렵지 않을 테니까요."

백현준이 옆에서 거들었다.

살짝 고개를 끄덕인 헨리에타가 입을 열었다.

"놈들도 우리와 비슷한 사고방식을 지녔다고 전제한다면, 목표는 크게 두 가지가 될 거예요."

"권창수 시장 대리와 시운 선배의 가족들."

"정확해요."

임하영과 적수린, 적세연은 데몬 오더 아지트에 보호 중. 권창수 또한 이곳으로 옮기려 했지만 본인이 거절했다.

"타깃이 한곳에 몰려 있는 건 적의 공격만 집중시킬 우려가 큽니다."

권창수는 본인이 마련해 놓은 비밀 벙커로 향했다.

듣기로, 수십 개의 교란용 더미 벙커를 마련해 놓은 모양이었다.

그렉과 밀리아가 권창수를 따라갔다. 암살자들의 무공에 대응할 최소한의 수단이 필요했기 때문이다.

"한데 놈들이 과연 추적에도 능할까요? 이곳이 자그만 시골 동네도 아니고, 목표를 찾는 게 쉽지만은 않을 텐데."

"정부 측과 내통하는 내부자가 있고 정부가 그들에게 적극 협력하고 있다면 어렵지만도 않을 거예요."

아티샤의 의문에 차수정이 대답했다.

"그리고 그럴 가능성은 거의 백 퍼센트고요."

"이곳은 이미 노출됐다고 봐야겠군요."

"그렇게 생각하는 게 좋을 거예요."

"알겠어요."

아티샤가 두 자루의 미니건을 휘휘 돌렸다. 타고난 근력에 소호신공을 익힘으로써 단련된 완력까지 더해져 그녀는 20kg에 달하는 미니건 두 정을 장난감처럼 다루는 경지에 이르렀다.

손목시계로 시간을 확인한 차수정이 백현준을 돌아봤다.

"수비대로부터의 연락은?"

"아직 없습니다. 5분 간격으로 확인 중인데, 감시 체계엔 아무것도 잡히지 않는 모양입니다."

"3분 간격으로 줄여. 그리고 시각 감시보다는 적외선 감시에 중점을 두라고 전해."

"옙."

차수정은 재차 병력 배치를 확인했다. 길드원 중 절반은 아지트에, 나머지 절반은 아지트로 이어지는 경로상에 골고루 뿌려두었다.

현재로선 최선이라 할 수 있는 배치였으나 마음이 놓이지 않았다.

'선배, 어디 계신 건가요?'

속으로 중얼거리던 그녀는 고개를 휘휘 저어 마음을 다잡았다.

지휘관인 그녀가 흔들리면 길드 전체가 흔들린다. 지금은 냉정을 유지해야 할 때였다.

"그들이 과천 특구에 도착했습니다. 10분 후 돌입에 들어갈 겁니다."

서상진의 보고에 정태산은 고개를 끄덕였다.

"2사단은?"

"아직 황강댐 근처에 대기 중입니다. 사상자 수습 및 핵탄두 수색을 전개하고 있습니다."

"김성렬 중장을 구속하고 차등 계급자에게 지휘권을 위임하시오. 물론 사택 쪽부터 처리한 후에."

혈육들을 볼모로 삼아 반란 의지를 꺾어놓으라는 명령이었다.

정태산은 국정원장인 서상진에게 특명으로써 지휘권을 주었다. 이러한 초법적 조치가 가능한 것은 내각이 법 위에 군림하는 현실 덕택이었다.

자신이 아닌 서상진을 전면에 내세우는 것은 나름대로의 보험. 후에 문제가 생기더라도 서상진에게 덤터기를 씌우면 된다는 계산일 터였다.

서상진으로서는 쓴웃음 나오는 일이었으나 따르지 않을 길이 없었다. 어쨌든 그 또한 정태산의 약점을 몇 가지 확보해 두고 있기는 했고.

'빌어먹을 늙은이. 뒈질 땐 뒈져도 나 혼자 죽지는 않는다.'

'허튼짓을 벌이려다간 자네 목이 먼저 달아날 걸세, 애송이.'

위태로운 오월동주.

서로 다른 생각을 머릿속에 품은 채, 두 정치인은 기나긴 밤에 들어서고 있었다.

"지금 제정신입니까?"

신북경. 중화당 주석 심인평은 얼굴을 붉히고 있었다.

"천무맹의 살수들을 대외적으로 노출시키다니요!"

"흘흘. 그게 그리 호들갑을 떨 일인가?"

"떨지 않게 생겼습니까? 무공을 사용하는 자들의 존재가 세상에 밝혀지게 되었는데?"

"시작한 것은 그놈이지. 적시운이란 조선 놈이 등장한 순간부터 이건 피할 수 없는 수순이었네."

마른 외관의 노인, 무백노사가 준엄한 어조로 말했다.

"게다가 살수들과 중화당, 나아가 천무맹을 연결 지을 만큼 똑똑한 이는 극소수일세. 여기서 적시운과 그 무리만 제거하고 나면 수습하는 것도 어렵진 않네."

"……."

"무엇보다 놈을 없애야 할 것 아닌가? 놈은 이미 한국 정부와 척을 졌지. 이미 우리에게 전쟁을 선포한 거나 마찬가지고. 오래 살려둬 봐야 귀찮아질 뿐이라네."

무백노사의 설명에도 심인평은 표정을 풀지 않았다.

"천무맹주를 만나야겠습니다. 그는 지금 어디에 있습니까?"

"맹주께오서 시간이 나실지 모르겠네만."

"나는 중화당의 주석이오! 이 나라의 수장! 중화인민공화국의 대표란 말이오!"

"그 자리."

무백노사의 눈빛이 차갑게 식었다.

"우리가 앉힌 자리라는 걸 잊지 말았으면 좋겠군."

"단 한 순간도 잊은 적 없소. 수많은 나날을 후회했고."

"웃기는군. 우리가 네놈을 그 자리에 앉으라고 떠밀기라도 했더냐?"

"그러진 않았지. 하지만 그 자리에 앉혔다는 이유만으로 나와 중화당 수뇌부를 멋대로 흔들려 하고 있잖소."

"마치 자네들이 7억 인민을 쥐고 흔드는 것처럼 말이지?"

심인평이 주춤했다. 무백노사는 그럴 줄 알았다는 듯 웃었다.

"어차피 서로 아랫것들 등쳐먹는 입장에 너무 야박하게 굴지 말게. 그리고 맹주께선 현재 요양 중이셔서 만나게 해주기 곤란하네."

"……."

"그러니 일단은 오늘 밤을 음미하게나. 반동분자의 최후를 만끽하며 말일세."

무백노사는 딱 잘라 말했다.

"적시운, 그놈은 오늘 밤을 넘기지 못할 걸세."

한밤중에 떨어진 특별 엄령.

황해도에 남아 있던 김성렬은 구속되었고 신서울 지하 도시엔 계엄령이 떨어졌다.

같은 시각, 흑룡방이 작전에 돌입했다.

스스슥!

도시 어귀의 철조망을 훌쩍 뛰어넘는 그림자들.

적외선 센서가 이를 감지, 경보가 울리기 시작했다.

동시에 6곳에서.

위이이잉!

경보음이 요란하게 울리는 가운데, 4인 1조를 이룬 살수들이 도심 상공을 내달렸다.

방어선을 뚫을 필요도 없었다. 수비대가 미처 반응하기도 전에 스쳐 지나가 버렸으니까.

덕분에 각 잡고 대기하던 병사들만 닭 쫓던 개 꼴이 됐다.

아니, 어쩌면 더 비참한 것인지도 몰랐다. 제대로 쫓아볼 기회조차 없었으니까.

"놈들이 달려간다!"

"뒤쫓아! 아니, 너희는 말고. 일부는 이곳에 남아라. 후속 병력이 더 있을지도 모른다!"

시작부터 삐걱거리는 지휘 체계. 난생처음 맞서는 스타일의 적인지라 어쩔 수가 없었다.

게다가 무엇보다도, 놈들은 무척이나 빨랐다. 눈으로 쫓는 것조차 버거울 만큼.

결국 스피드스터 계열의 이능력자들만이 어찌어찌 따라붙을 수 있었다.

탕탕탕탕!

방아쇠를 연달아 당겼으나 탄환은 애꿎은 허공만을 스쳐 갈 따름.

그 와중에 살수들 중 일부가 품 안으로 손을 가져갔다.

암기인가 싶었으나 그게 아니었다.

팟!

살수들의 품에서 자그만 기계장치가 빛을 발했다. 그것이 이능력 억제 장치임을 깨달은 추격자들이 기겁했다.

"뭣……!"

우우웅!

APD(Anti Psychic Device)의 특수 파장이 허공에 퍼졌다.

"큭!"

"이, 이런!"

이능력자들이 힘을 잃은 가운데, 살수들이 신형을 반전하여 반격에 나섰다. 수없이 합을 맞춰본 듯 정교하기 짝이 없는 움직임이었다.

"크아악!"

"커헉!"

수비대가 뿜어내는 피가 허공을 수놓았다.

살수들은 신속하고도 침착하게 이능력자들을 베어 넘기고는 사방팔방으로 퍼졌다. 수비대의 병력과 주의를 분산시키기 위함이었다.

그중에서도 정예라 할 수 있는 10여 명은 교묘히 방향을 전환, 데몬 오더의 아지트를 향해 내달렸다.

흑룡방주 사설륜 역시 거기에 포함되어 있었다.

"놈들입니다! 2분 전 검은 옷을 입은 무리가 방어선을 통과했습니다."

백현준의 보고에 모두의 얼굴에 긴장이 떠올랐다

"수비대는? 설마 순식간에 당해 버린 건 아니지?"

"아예 전투도 치르지 않고 통과해 버렸답니다. 그걸 뒤쫓은 고속 능력자들만 신속히 제거하고서요."

백현준의 대답에 차수정은 이를 악물었다.

"개자식들, 약점을 후벼 파는군."

지하 도시가 아닌 이상 각 잡고 들어오는 침입자를 미연에 저지하는 것은 불가능에 가깝다. 거의 모든 곳이 출입구이며 뻥 뚫려 있는 까닭이다.

하물며 저 정도 육체 능력을 지닌 자들이라면 말할 것도 없는 일.

성벽을 세워놓아도 막을 수 없는 마당에 철조망과 소수 병력만으로 저지하는 건 꿈도 못 꿀 일이었다.

"과천 행정부 쪽에 연락해서 수비대 전원을 침입자 소탕에 투입하라고 해."

"후속 병력을 대비하지 않아도 되겠습니까?"

"그렇게까지 머릿수에 여유가 있진 않을 거야."

도시로 들어선 이들의 일차 목적은 혼란을 일으키는 것. 이쪽 주의를 분산시킨 후 정예 병력으로 심장을 찌르고 들어올 것이었다.

"우리도 준비하죠."

그녀의 말에 모두들 고개를 끄덕였다.

"헨리에타?"

헨리에타가 차수정을 돌아봤다.

"시운 선배의 가족들 곁에서 그들을 보호해 주세요."

아마도 가장 어려운 임무일 터. 그렇기에 아무에게나 맡길 수는 없었다.

"수정 씨가 가는 게 낫지 않나요?"

"저는 그들의 무공에 대항할 수단이 없어요. 반면에 저들에겐 이능력을 무력화할 방편이 마련되어 있겠죠."

그 경우 남는 대안은 하나뿐.

같은 무공으로 맞서는 것뿐이었다.

"최선을 다하죠."

"부탁해요."

눈인사를 나눈 두 여인이 반대 방향으로 내달렸다.

아티샤와 백현준, 박수동이 차수정의 뒤를 따랐다.

콰광……!

몇 블록 너머에서 폭염이 치솟았다. 무전기를 쥐고 있던 백현준이 차수정에게 속삭였다.

"놈들이 폭발물을 터뜨린 것 같답니다."

"그쪽으로 시선을 집중시키려는 거겠지."

대답을 하면서도 차수정은 기가 막혔다. 칼부림만 할 줄 아는 놈들인 줄 알았는데 생각보다도 여러 장비를 다루는 듯했다.

"현준아, 그리고……."

"박수동입니다."

"아, 그래. 두 사람은 아티샤와 함께 1층 로비를 지켜. 나는 정문을 지킬 테니."

"선배님이요?"

"할 수 있는 대처는 다 했어. 더 이상 지시를 내려야 할 필요는 없으니 방어에만 전념해야지."

"혼자 가셔도 괜찮으시겠습니까?"

"혼자가 편해. 같이 가 봐야 내 능력에만 휘말릴 테고."

A랭크 빙한술사.

그녀가 전력을 펼친다면 이 일대에 빙하기를 불러오는 것도 일이 아닐 터. 확실히 여럿이 따라가 봐야 방해만 될 게 뻔했다.

"알겠습니다. 몸조심하십쇼."

"너희도."

세 사람과 떨어진 차수정은 건물 밖의 정문으로 향했다.

빙 둘러진 담장과 철창살로 이루어진 대문. 그 옆에 세워진 입방형의 경비 초소.

그녀는 담장과 10m 거리를 유지하고서 담장 바깥으로 감각을 집중시켰다.

팟!

흑색 질풍이 담장을 넘어 경비 초소 위에 멈추었다. 온몸을 피풍의로 감싼 살수가 시린 눈빛을 토했다.

흑룡방주 사설륜이었다.

3

"와, 씨. 진짜 미치겠네."

박수동이 권총을 매만지며 연신 중얼거렸다.

그쪽을 힐끔 쳐다본 백현준이 경고했다.

"너, 조정간 안전에다 놔라. 자꾸 그러다 당기게 생겼다."

"놈들이 진짜 이곳까지 올까요, 선배?"

"올 거다."

백현준은 딱 잘라 말했다.

"정부, 그 개새끼들이 저놈들 뒤를 봐주고 있으니까. 이미 우리 쪽 정보는 다 넘겼겠지."

"그거, 정말입니까?"

"넌 생각이란 게 없냐? 정부가 언론에다 저놈들 잡겠다고 큰소리를 뻥뻥 쳐 놓은 게 몇 시간 전인데, 멀쩡하게 여기까지 나타났잖아. 처음부터 잡을 생각 따윈 없었다는 거지. 다 한통속이야."

"아니, 그럼 정말 정부가 나서서 자국민을 학살한 거란 말입니까? 짱깨 놈들 손을 빌려서요?"

"못 할 건 또 뭔데? 인간의 권력욕을 우습게 보지 마."

냉정히 대꾸한 백현준이 아티샤를 힐끔 보았다. 그녀는 계단 위에서 고개를 뻗어 2층을 살피고 있었다.

"저, 백현준 님?"

"뭡니까?"

"이쪽 베란다에 자리 잡는 게 좋지 않을까요? 여기라면 차수정 님을 지원할 수 있을지도 몰라요."

세 사람은 2층으로 향했다. 과연 1미터 너비의 베란다 밖으로 전망이 탁 트여 있었다. 정작 저격에 쓸 만한 총이 없다는 게 입맛이 썼지만.

창턱에 총구를 걸친 아티샤가 두 사람을 돌아봤다.

"두 분 모두 이능력자이시죠? 괜찮다면 능력 확인 좀 해둘 수 있을까요?"

"저는 더블 B랭크 가속 능력자입니다. 그리고 이 자식은."

백현준이 박수동의 어깨에 손을 얹었다.

"싱글 B랭크 텔레포터고요. 맞지?"

"텔레패스임다. 텔레포터가 아니고요."

"그게 그거지."

"전혀 다른 능력인데요?"

"응, 닥쳐. 어쨌든 별 도움 안 된다는 거잖아."

박수동이 한껏 표정을 구겼다. 물론 백현준의 시선을 피해서.

"그래 봤자 다 보이거든? 맞기 싫으면 표정 풀어라."

"넵."

둘을 바라보던 아티샤가 쿡쿡 웃었다.

"재미있는 분들이시네요."

"그런데…… 아티샤 씨라고 했었죠? 우리도 그쪽 능력 좀 확인해 둘 수 있겠습니까?"

"아, 저는 이능력자 아니에요."

"예?"

두 남자가 눈을 깜빡였다.

"어, 육체 강화 계열 아니었슴까?"

"음, 저는 그냥 힘이 좀 센 편이에요. 나중에 무공을 익혀서 더 강해졌고요. 하지만 이능력자는 아니랍니다."

멍하니 고개를 끄덕이는 두 남자.

미소를 짓던 아티샤가 돌연 표정을 굳혔다.

"적이에요."

백현준이 난간으로 다가갔다. 아지트 본관과 수십 m 떨어진 거리에 차수정이 서 있었다.

중요한 건 그 앞쪽.

경비 초소 위에서 시커먼 무언가가 일렁였다. 자세히 보니 검은 옷자락이 바람에 펄럭이고 있었다.

"벌써 여기까지 온 건가⋯⋯!"

싸늘한 냉기가 차수정의 등허리를 훑었다.

오래지 않아 올 거라고는 생각했지만 이렇게나 빠를 줄은 몰랐다.

사설륜은 관찰하는 눈으로 차수정을 훑었다. 그러고는 이내 고개를 들어 아지트 본관을 이리저리 살폈다.

"그놈은 없는 모양이군. 아직 도착하지 못한 건가? 그게 아니면 숨어 있는 건지도 모르겠군."

여유가 묻어나는 음성. 차수정에게는 약간의 경계심도 쏟지 않는 듯했다.

'고마운 일이지!'

선제 기습을 가하기로 마음먹은 차수정이 양팔을 앞으로 뻗었다.

"하앗!"

쩌저적!

글래셜 스톰.

혹한의 폭풍이 몰아쳤다.

빠르게 전파된 극저온의 기운은 경비 초소는 물론, 담장과 철문까지 삽시간에 얼려 버렸다.

'놈은?'

더 이상 초소 위에 없었다.

차수정은 심장이 얼어붙는 걸 느끼며 온몸에 얼음 방패를 둘렀다. 아슬아슬한 시간 차로 그녀의 목덜미 쪽에서 타격음이 울렸다.

카각!

얼음을 반쯤 파고들었다가 빠져나가는 칼날.

조금만 늦었어도 목덜미가 도려져 나갔으리라.

"칫!"

혀를 차며 주변으로 냉기를 발산했다. 그녀를 중심으로 반경 20m의 땅이 꽁꽁 얼어붙었다.

그러나 어디에도 침입자의 흑색 신형은 존재하지 않았다.

'지나쳐 간 건가?'

-위입니다, 선배!

비명에 가까운 외침. 박수동의 목소리였다.

그가 텔레패스였음을 상기하며 차수정은 위쪽으로 얼음 방패를 집중시켰다.

쾅!

묵직한 충격이 차수정을 강타했다. 그녀는 헛숨을 들이켜며 빙판을 미끄러졌다. 수 겹의 방패로 막았는데도 파고들어온 충격에 머리가 짜르르 울렸다.

드르르륵!

아지트 건물 쪽에서 두 줄기의 불꽃이 터져 나왔다. 아티샤의 미니건이었다.

'기관총 따위로 날 맞히겠다고?'

그렇게 생각하며 코웃음 치는 사설륜이었으나 이내 표정을 굳혀야 했다. 제법 먼 거리에서 막 갈기는 것치고는 미니건의 정확도가 상당했던 것이다.

차차창!

사설륜의 몸 앞에서 연신 불꽃이 튀었다. 검막과 호신강기로 탄환을 튕겨낸 그가 방향을 전환, 건물 쪽으로 내달렸다.

"어딜!"

가까스로 사설륜을 포착한 차수정이 힘을 발했다.

글래셜 스피어(Glacial Spear).

2m짜리 얼음창이 사설륜의 등허리를 노리고 날아들었다.

"흥!"

코웃음을 친 사설륜이 신형을 회전시켰다. 얼음창은 내뻗은 그의 손아귀에서 궤도가 수정되어 2층 베란다 쪽으로 쇄도했다.

아티샤가 소리쳤다.

"피해요!"

콰광!

얼음창에 직격당한 베란다가 박살 났다.

뒤로 몸을 날려 바닥을 한 바퀴 구른 아티샤가 미니건을 내밀었다. 사설륜을 겨냥하려 했으나 시야 안에 없었다.

순간 뒷덜미로부터 와락 소름이 돋았다.

"큭!"

반사적으로 상체를 돌리며 미니건을 통파 삼아 휘둘렀다. 아슬아슬하게 사설륜의 검이 미니건과 부딪쳤다.

카각!

삽시간에 미니건을 반쯤 자르고 들어가는 칼날. 그래도 완전히 절단하진 못했다.

사설륜의 눈에 이채가 스쳤다.

"네년, 무공을 익힌 몸이로군?"

아티샤는 멀쩡한 미니건을 겨눔으로써 대답을 대신했다.

드르르륵!

코앞에서 터져 나오는 영거리 사격.

그러나 사설륜은 놀라운 스피드로 회피했다. 동시에 그녀의 옆구리를 스쳐 지나가며 권격을 가했다.

빠각!

"큭!"

아티샤가 옆구리를 부여잡으며 고꾸라졌다. 나름대로 내공을 끌어올렸는데도 단 일격에 갈빗대가 분질러진 것이었다.

"타앗!"

사설륜의 앞으로 신형 하나가 쇄도했다. 가속 상태의 백현준이었다.

양손에 군용 나이프를 쥔 그가 사설륜의 몸 위로 칼날을 그었다.

하지만 사설륜은 백현준을 상회하는 스피드로 칼날을 잡았다. 손가락 사이에 끼워지는 칼날을 본 백현준이 내심 욕설을 중얼거렸다.

'망할! 차원이 다른 개새끼다.'

찰나의 순간 미소를 짓는 여유까지 보인 사설륜이 쌍장을 떨쳤다. 손바닥에서 격발된 기운이 백현준을 후려치기 직전, 두 사람 사이로 얼음 방패가 생겨났다.

꽈광!

산산이 부서진 얼음 조각이 2층 로비를 뒤덮었다.

여파를 고스란히 받은 백현준이 바닥을 미끄러졌다.

"크헉!"

제대로 맞지도 않았는데도 배 속이 뒤틀린 느낌이었다. 가까스로 상체만 들어 올린 백현준이 토악질을 했다.

"흠."

사설륜이 가볍게 콧소리를 냈다.

로비 위로 올라선 차수정이 호흡을 진정시켰다. 벽에 기댄 채 숨을 고르는 아티샤, 속을 게워내고 있는 백현준이 보였다. 박수동은 어디 숨었는지 코빼기도 비치지 않았다.

"소속과 이름이 어떻게 되지, 계집?"

사설륜의 질문.

잠시 고민하던 차수정이 입을 열었다.

"길드 데몬 오더의 부길드장, 차수정."

"쓸 만하겠군."

무엇에?

머릿속에서 반문이 튀어 올랐지만 차수정은 입 밖으로 꺼내지 않았다. 대답이 무엇일지 알 것 같았기 때문이다.

검은 복면 위에서 사설륜의 눈이 형형한 빛을 토했다.

"놈의 오른팔쯤 되는 위치이니, 필시 놈에게 있어서는 소중한 계집일 테지!"

"……."

"필시 놈의 피붙이들 또한 이곳에 있을 터. 얌전히 데려온
다면 험한 꼴은 보지 않게 배려해 주마."

"퍽이나 고마워서 눈물이 다 나는걸."

"비아냥댈 만큼의 여력은 있다는 건가? 하지만 그게 네년
의 한계다."

스르르륵.

사설륜의 옆으로 몇 개의 신형이 나타났다. 사설륜과 마찬
가지로 흑의를 갖춰 입은 그들은 흑룡방의 살수들. 수비대를
실컷 교란하고서 온 것이 분명했다.

물론 평화와는 한참 거리가 먼 방식으로.

얼마 드러나지 않은 살갗에 피칠갑이 되어 있는 것만 봐도
알 수 있었다.

"얼마나 죽였나?"

사설륜의 질문. 대놓고 들으라는 투였다.

"대략 200명쯤 될 듯합니다."

차수정은 주먹을 불끈 쥐었다. 몇 분 되지 않는 짧은 새에
저만한 살육을 벌였다는 게 실감이 되질 않았다.

하지만 쇼핑몰의 학살 영상을 떠올리자 그럴 수도 있겠다
는 생각이 들었다.

동시에 처절한 적개심과 분노가 찾아왔고.

"왜 이렇게까지 하는 거지? 당신들에겐 최소한의 인간성 조차 없는 거야?"

"인간성이란 그럴 만한 가치를 지닌 자에게만 유효한 법이지. 대(大)중화를 향하여 송곳니를 드러낸 너희 오랑캐에겐 해당되지 않는다."

"미치광이들!"

"용기 있는 발언이군. 멍청한 지껄임이고. 네년의 유언이기도 하고."

스릉.

살수들이 앞다투어 검을 뽑았다. 그러나 사설륜이 곧바로 덧붙였다.

"지금은 아니다. 놈을 잡기 위한 미끼로서 가치가 있다. 그러니······."

차가운 눈이 번뜩였다.

"일단은 혀와 이만 뽑아두어라."

묵례를 한 살수들이 차수정에게로 다가섰다.

얼음 방패를 펼치려는 차수정의 눈에 아티샤와 백현준이 들어왔다. 각각 한 명씩의 살수들이 그들의 목에 칼을 대고 있었다.

저항하면 저들이 죽는다.

차수정은 눈을 감았다.

"맹주는…… 이 작전에 동의했습니까?"

새삼스러운 심인평의 질문에 무백노사는 헛웃음을 지었다.

"동의하셨고말고. 그분의 허락 없이 이 늙은이가 독단적으로 움직였을 것 같나?"

"그렇다면 이 작전에 동의한 맹주의 저의는 무엇입니까?"

"……대체 무슨 말을 하고 싶은 건가?"

"노사께서도 확인하셨을 텐데요. 북조선 황해도에서 벌어진 일을, 대재앙급 마수 아라크네를 해치운 게 두 사람의 무인이었음을."

"그건 어쩔 수 없는 일이었네. 상황이 상황이다 보니 맹주께서도 내키지 않는 동맹을……."

"잘잘못을 말하자는 게 아닙니다. 냉정히 상황을 보자는 겁니다."

"……."

"아라크네를 함께 처치하고, 그 후에도 상황이 여의치 않아 미처 제거하지 못한 상대. 그게 바로 적시운입니다. 다시 말해, 놈은 천무맹주가 인정할 정도의 강적이란 뜻입니다."

"으음……!"

불편한 침음을 토하는 무백노사.

심인평은 냉정한 얼굴로 말을 이었다.

"그런 적시운을, 과연 흑룡방 정도의 전력만으로 제거할 수 있다고 확신합니까?"

황해도의 산기슭에서 한 줄기 유성이 솟구쳤다. 유성은 칠흑의 하늘을 가로지르며 남쪽을 향해 날아갔다.

삽시간에 군사분계선을 넘어서고, 북한산을 넘어선 유성은 삽시간에 과천 지상 특구까지 다다랐다.

그곳에서 유성은 인간이 형상으로 화하였다.

그리고 밤의 어둠을 삼킨 듯한 흑색 불길에 둘러싸였다.

파앙—!

칼날을 쥔 인간, 한줄기의 섬전이 도시의 밤하늘을 가로질렀다.

쨍그랑!

차차차창!

섬전이 토해내는 여파에 고층 빌딩의 유리창이 터져 나갔다.

과천이라는 도시 전체가 하나의 인간으로 인해 뒤흔들리는 와중.

쐐애액!

칠흑의 섬전이 데몬 오더의 아지트를 꿰뚫고 들어갔다.

4

"구급차! 구급차를 이쪽으로. 여기에 부상자가 있습니다!"

"침입자 몇 놈이 종합병원 쪽으로 향하고 있답니다!"

"위생병!"

흑룡방 살수들이 쓸고 지나간 자리는 아비규환 그 자체였다.

곳곳에서 울리는 신음과 외침.

그 사이사이로 이따금 폭발음과 총성이 터져 나왔다.

그나마 살아서 신음할 수 있는 이들은 행운아였다. 수비 병력의 상당수는 다시는 얼굴을 찡그릴 수조차 없는 몸이 되었다.

동료의 시체를 부둥켜안고 울부짖는 병사. 잘려 나간 팔을 들고서 망연자실해 있는 수비대원. 이미 숨이 멎은 병사의 가슴을 멈추지 않고 압박하는 위생병.

정찰용 무인 드론이 잡아내는 것은 대부분 그런 장면이었다. 정작 목표물인 침입자들은 제대로 좇을 수조차 없었다.

"개새끼들."

화면을 노려보던 밀리아가 중얼거렸다. 무력감과 분노가

그녀의 온몸으로 표출되고 있었다.

순수한 여자라고 권창수는 생각했다. 일면식조차 없는 이들을 위해 저렇게까지 분노해 줄 수 있는 사람이 지금 같은 세상에 과연 몇이나 있을까 싶었다.

"저들이 이곳 위치를 알고 있을 가능성은?"

그렉의 질문이었다. 잠시 침묵하던 권창수는 솔직하게 말하기로 했다.

"낮지 않습니다."

"내부자 때문인가?"

"예."

"기밀 벙커의 위치까지 알고 있을 정도라면 당신네 조직 내에서도 중진이라는 건데, 지금껏 색출하지 못한 건가?"

"시간이 부족했습니다. 짐작 가는 자를 5명 이내로 압축해 두었지만, 미처 처리하기 전에 놈들이 선수를 친 겁니다."

"어쨌든 그 쥐새끼들은 지금, 이 도시 안에 있겠군."

"그렇습니다. 저와 마찬가지로 비밀 벙커 중 하나에 처박혀 있겠지요."

"그렇다면 한 가지 제안할 게 있다."

권창수가 의아한 눈으로 그렉을 올려다봤다. 소총의 탄창을 확인한 그렉이 말했다.

"우리가 역으로 쥐새끼 사냥에 나서는 거다."

"여길 나가자는 말입니까?"

"그렇다."

권창수의 입이 살짝 벌어졌다. 설명을 요구하는 시선에 그
렉이 말을 이었다.

"어차피 놈들이 벙커의 위치를 알고 있는 이상 여기에 숨어
있는 건 무의미하다. 어쩌면 놈들이 방어 체계의 해제 방법까
지도 알고 있을지도 모르지. 쥐새끼가 일러바쳤을 테니."

"그건…… 확실히 가능성이 있군요."

"놈들은 이곳으로 올 것이다. 그렇다면 차라리 허를 찌르
는 거다. 벙커 밖으로 나가 움직이는 거지."

"그러다 놈들과 마주치면?"

비스듬히 벽에 기댄 채 설명을 듣던 밀리아가 질문했다.

"그러면 싸우는 수밖에."

그렉은 특유의 무표정한 얼굴로 말했다.

"하지만 여기 죽치고 있는 것보단 확률이 낮을 거다."

"그건 그래 보여. 흐음, 나는 어차피 처박혀 있는 쪽은 적
성에 안 맞아서. 그럼 이제 시장님 의견만 남았네?"

두 사람의 시선이 권창수에게로 향했다. 지금 그는 호위
한 명 대동하지 않은 상황.

특구 내의 그 누구도 신뢰할 수 없기에 호위까지 물린 채
벙커에 들어왔다. 아이러니하게도 얼마 전까지 일면식 한 번

없었던 이 두 사람이, 현재로선 가장 신뢰할 수 있는 이들인 셈이다.

그래서 권창수는 선택했다.

"좋습니다. 최후의 발악이라도 해봐야겠죠."

"그럼 결정된 거네? 가자고! 배신자 놈들을 색출하러!"

밀리아가 신이 나서 대검을 들었다. 고개를 끄덕인 그렉이 침착한 어조로 대꾸했다.

"최후는 결코 아닐 테지만 말이야."

내공 증진.

영단의 효용을 요약하자면 결국 그것이다.

그러나 그냥 먹어치우기만 한다고 간단히 내공 증진이 이루어지진 않는다. 영단과 맞는 적합한 준비와 절차가 필요한 것이다.

그리고 무엇보다, 복용자의 그릇이 힘을 받아들일 준비가 되어 있어야 한다.

[그런 면에서 보자면 자네는 완벽하게 준비되어 있네. 물론 이 모든 것은 본좌의 안배 덕분이지.]

천마가 자화자찬하는 동안, 적시운은 코어 흡수 준비에 들어갔다.

입구를 일부분 붕괴시켜 동굴을 폐쇄했다. 흡수 중엔 완전 무방비 상태이니 외부와의 접촉을 차단할 필요가 있었다.

완연한 어둠 속에서 코어 홀로 은은히 빛났다.

적시운은 정좌한 채 육체의 긴장을 풀었다.

[지난번엔 상단전을 각성시켰고, 이번엔 하단전이로군. 자네도 요령이란 게 생겼으니 좀 더 수월할 걸세.]

북미 대륙에 떨어진 이래 지금까지.

지속적으로 연마해 온 천마결의 성취로 인해, 적시운의 하단전은 막대한 에너지를 받아들일 준비가 되어 있었다.

남은 것은 그 그릇에 물을 붓는 것.

스스스스.

코어로부터 흘러나오는 대량의 에너지가 어둠 속을 맴돌았다.

적시운의 정신이 무의식의 영역으로 가라앉았다.

얼마나 시간이 지났을까?

몇 시간이 지났을 수도, 몇 초조차 지나지 않았을 수도 있었다.

최적의 몸 상태를 만들기 위한 명상에 어느 정도의 시간이 필요할지는 천마도 알지 못했다.

분명한 것은 조금 전 그 작업이 끝났다는 것.

적시운의 육체는 텅 빈 그릇이 되어 주변의 기운을 급속도로 빨아들이기 시작했다.

고오오오.

아라크네의 코어로부터 막대한 힘이 뿜어져 나왔다. 격한 열기가 밀폐된 공간을 뒤흔들기 시작했다.

그 한가운데에서, 적시운은 마치 뜨겁게 달궈진 쇳덩이와 같았다.

쿠구구구!

힘의 격류를 이겨내지 못한 산이 요동을 쳤다. 동굴의 천장이 쩌저적 갈라지며 바깥 공기가 새어들어 왔다. 반대로 동굴 내부의 열기 또한 바깥으로 분출되며 굉음을 만들어 냈다.

용암처럼 휘돌던 코어의 에너지가 적시운의 하단전에 뭉쳐 들어 그의 내공과 융화되었다.

적시운은 눈을 떴다. 동시에 튀어 오르는 스프링처럼 허공을 향해 신형을 날렸다.

쾅!

치솟는 기세에 산기슭이 터져 나갔다.

울려 퍼지는 뇌성을 뒤로한 채 적시운의 신형이 밤하늘을 가로질렀다.

[축적한 내공의 양으로만 한정 짓는다면, 자네는 본좌와 비슷

한 경지까지 올라섰네.]

점잖게 말을 꺼낸 천마가 황급히 덧붙였다.

[아니, 그건 너무 후하게 쳐준 것 같군. 본좌의 발끝까지는 어찌어찌 다가왔다고 하는 게 정확할 걸세.]

'영광이군.'

[……비꼬는 건지 진심인지 모르겠구먼. 어쨌든 그렇다 하여 너무 기고만장하진 말게나. 중요한 건 내공의 양이 아니라 질일세. 같은 양의 기운을 소모하고도 무공의 종류와 상성, 체질 등에 따라 위력은 천차만별이 되는 법일세.]

'이미 다 알고 있는 얘기잖아.'

[그렇더라도 다시 상기하라 이 말일세. 지금의 자넨 내공만 늘어났을 뿐, 천마신공의 성취를 넓힌 것이 아닐세.]

'어쨌든 강해진 거지. 안 그래?'

[강약의 불균형이 생겼다, 이 말일세. 지금의 자네는 외공에 비해 내공만 지나치게 증대된 상태야. 정신과 육체가 조화를 이루지 못하고 있다는 말일세.]

'그래, 주의할게.'

천마가 왜 이런 잔소리를 늘어놓는지 적시운은 잘 알고 있었다. 아마도 너무 들뜨지 말라는 훈계일 것이다. 자만심은 없는 위기도 만들어내는 법이었으니까.

그리고 적시운만큼 자만심과 거리가 먼 사람도 없을 터였다. 그런 적시운의 성격을 잘 아는 천마조차도 이런 경고를 할 정도.

그만큼 적시운의 몸속엔 힘이 넘쳐 나고 있었다.

그 넘쳐 나는 힘으로 해야 할 일은?

'과천으로 간다.'

적시운은 밤하늘을 관통할 기세로 질주했다.

군사분계선과 북한산을 넘고 과천 특구에 들어서는 아지트를 향해 날아갔다.

그리고.

쾅!

칠흑의 섬전이 콘크리트 벽을 꿰뚫었다.

터져 나가는 파편들이 적시운의 시야 속에서 느릿하게 흘러갔다.

정지 화면을 보는 듯한 모습.

상단전의 각성으로 인해 적시운의 신경계는 초인의 영역에 들어섰고, 찰나지간에 실내 상황을 완전히 파악했다.

그러자마자 다음 행동에 들어갔다.

우선은 보호.

내공의 일부를 떼어내어 차수정과 아티샤, 백현준의 위로 내공으로 이루어진 기막을 씌웠다.

1층 쪽에도 요원 하나가 숨어 있기에 그 녀석에게도 씌워

주었다.

아직 강기를 다루는 수준에까지 이르지 않았음에도 어지간한 호신강기보다 강력한 보호막이 만들어졌다.

이것으로 신경 써야 할 요소가 사라졌다. 적시운은 마음 놓고 몸속의 폭풍을 발산했다.

팟!

천랑권 제사초, 흑아랑(黑牙狼)의 식이 펼쳐졌다.

내뻗은 권격으로부터 뿜어져 나온 노도와 같은 기운이 주변의 모든 것을 물어뜯고 찢어발겼다.

그중에서도 송곳니의 최우선 목표는 사설륜과 흑룡방 살수들이었다.

촤르르륵!

시커먼 기운이 살수들의 몸을 휘감고는 사정없이 짓이겼다.

적시운과 근접해 있던 다섯이 외마디 비명조차 지르지 못한 채 갈기갈기 찢겨 나갔다.

나머지 넷과 사설륜조차 경악 속에서 가까스로 방어를 할 따름이었다.

콰과과광!

2층 로비가 송두리째 터져 나갔다. 건물의 모든 창이 깨지고 아지트 전체에 거대한 균열이 생겨났다. 휘몰아치는 기운은 건물을 걸레짝으로 만들고 나서도 멈추지 않았다.

치닫는 기운에 의해 땅바닥이 수 갈래로 갈라지고 주변이 요동쳤다.

뭉게뭉게 치솟는 먼지구름. 그 사이에서 신형 하나가 황급히 튀어 올랐다.

"크…… 허억! 컥!"

사설륜은 검붉은 피를 토하고서 헐떡였다.

체공 중인 그의 몸은 피투성이였다. 급히 호신강기를 펼쳐 방어했는데도 이 정도 타격을 입은 것이다.

그나마도 직격당하지 않았기에 망정이지, 제대로 맞았다면 고통조차 느끼지 못했을 것이다.

네 명의 수하도 그를 뒤따라 건물에서 튀어나왔다. 하나같이 처참한 몰골이었다.

"방주, 이건 대체…… 끄악!"

말을 잇지도 못한 채 허리가 뒤로 꺾이는 살수. 그의 가슴 위로 피 묻은 주먹이 튀어나와 있었다.

"……!"

사설륜이 충혈된 눈으로 노려보는 가운데, 적시운은 손을 털어 살수의 시체를 바닥으로 내던졌다.

"네…… 놈!"

퍼엉! 퍼펑!

두 살수의 머리가 사정없이 터져 나갔다.

적시운이 지풍을 쏘았다는 건 몇 초가 지난 후에야 겨우 알 수 있었다.

"으, 으으…… 으아아!"

겁에 질린 살수가 반대편으로 내달렸다.

그쪽을 힐끔 본 적시운의 신형이 흐릿해졌다가 사설륜의 앞에 나타났다.

달아나던 살수는 상체가 쪼개진 채 기울어지고 있었다.

"크윽!"

사설륜이 단도를 뽑았다. 적시운의 목젖을 노리고 곧장 치고 들어갔으나, 칼날은 애꿎은 허공만을 훑고 지나갔다.

뻐억!

"끄어……!"

사설륜의 몸이 기역 자로 꺾였다. 무릎에 격타당한 복부 반대편의 등허리가 불룩 튀어나왔다. 수백 조각으로 쪼개진 척추의 격통이 불길처럼 육체를 훑었다.

"끼으아아악!"

고꾸라진 채 괴성을 토하는 사설륜.

모골이 송연해지는 비명이었지만 적시운은 눈 하나 깜빡하지 않았다.

"통신기를 가지고 있겠지? 천무맹 측의 어떤 새끼든 간에 그걸로 이쪽 소리를 듣고 있겠지?"

"끄윽, 끄허어억!"

적시운은 사설륜의 머리에 발을 얹었다. 서서히 가해지는 압력에 사설륜의 얼굴이 새파랗게 질렸다.

"잠깐, 잠깐! 살려준다면 네게 도움이……."

"필요 없어."

콰직!

비명이 사라지고 고요가 찾아왔다.

적시운이 나직이 숨을 토하는 가운데 천마가 한마디를 뱉었다.

[아직 멀었구먼. 힘 조절을 못 해서 자기네 건물을 다 부숴놨잖나.]

"그러게."

쓴웃음을 짓는 적시운.

그 뒤로 아지트 건물이 서서히 무너지고 있었다.

"선배님!"

건물을 빠져나온 차수정 일행이 달려왔다. 1층에 처박혀 있던 박수동도 함께였다.

"무슨 상황이 벌어졌는지 간략히 설명해 줘."

적시운의 말에 차수정이 고개를 끄덕였다.

5

"알겠어요."

고개를 끄덕인 차수정이 설명을 시작했다.

신서울 쇼핑몰의 민간인들이 학살당하고 정부에 의해 적시운이 누명을 썼으며, 야음을 틈타 살수들이 과천 특구를 습격했다.

모두 적시운이 자리를 비운 동안 벌어진 일.

치밀하진 않았으나 잔혹하기 짝이 없었다.

차수정은 조심스레 적시운의 눈치를 살폈다.

최소한 외관상의 변화는 없어 보였다. 어찌 보면 그렇기에 더욱 무서운 것일 테지만.

"그렇단 말이지?"

백진율이 내민 손을 적시운은 거부했다. 그러자마자 천무맹은 적시운을 공격했다. 학살과 누명이란 형태로써.

자국 국민들의 목숨을 가져다 바친 대한민국 내각의 결정은 덤.

저들은 적시운이란 존재 자체를 철저하게 말려 죽이려 하고 있었다.

"……."

뜨거운 무언가가 배 속에서 요동쳤다.

'냉혹하고 비정한 것이 지금의 세계라지만, 그렇다지만……'

다짜고짜 심장을 찌르고 들어온 놈들. 멍청히 당하고만 있을 생각 따위는 없었다.

[이제는 본좌의 심정을 조금이나마 이해할 수 있겠는가?]

천마의 질문 앞에, 적시운은 도저히 그렇지 않다고 대꾸할 수가 없었다.

[선택은 자네의 몫일세.]

적시운은 차수정을 돌아봤다.

"내 가족들은? 본관 안에는 없던데."

"본관은 미끼예요. 세 사람은 지하 벙커에 숨겨두었어요. 안내해 드릴까요?"

"아니, 대략적인 위치만 알려줘."

차수정이 조금 떨어진 지점을 가리켰다. 본관과 동떨어진 별관 건물이었다.

그곳을 잠시 눈여겨본 적시운이 고개를 돌렸다.

"세 사람 다 무사해. 만나는 건 조금 미뤄두어도 되겠지. 날파리들을 처리하는 게 우선이니."

아직 남아 있는 살수들. 필시 지금 이 순간에도 학살을 자행하고 있을 것이다.

차수정이 고개를 끄덕이자 적시운이 덧붙였다.

"그 후에 권창수를 만나야겠어. 혹시 지금 연락 가능해?"

"예? 아, 네."

차수정이 품속에서 통신기를 꺼냈다. 군용으로 제작된 견고한 물건인지라 그 전투를 겪고도 작동이 되었다.

연락 신호를 보내자 익숙한 목소리가 돌아왔다.

-부길마야? 지금 우리 좀 바쁜데.

밀리아였다. 가쁜 숨소리와 바람 소리로 보건대 빠르게 이동 중인 듯했다.

"권창수 시장, 거기에 함께 있지?"

-앗! 시운 님이세요?

"그래, 나야. 보아하니 벙커 내부가 아닌 것 같은데, 달아나는 중이야?"

-아뇨, 그건 아니에요.

"그럼 차수정한테 현재 위치와 이동 경로를 전송해 줘. 내가 너희에게로 갈게."

-어, 그런 것도 보낼 수 있어요?

"그렉한테 물어봐. 네가 하려고 하지 말고."

-넵.

적시운은 대화를 마치고서 사설륜의 시체를 향해 손을 뻗었다.

짧은 탐색이 끝나자 그의 머리 위로 자그만 장치가 떠올랐다. 밀착형 통신기였다.

귓속에 있었던 탓에 사설륜의 머리를 짓밟을 때 부서진 상태. 그래도 스파크가 지직거리는 걸 보면 작동 중인 듯했다.

"이 목소리를 들을지 아닌지는 모르겠다. 사실 듣건 말건 상관없어. 그래도 이 말만큼은 해야 할 것 같아."

적시운은 말했다.

"최선을 다해라. 너희가 동원할 수 있는 수단을 모조리 동원해라. 천무맹이라는 집단이 지닌 저력을 모조리 끄집어내야 할 거다."

어둠마저 가를 듯한 살기가 두 눈으로부터 폭사됐다.

"천마신교가 너희의 모든 걸 부수러 갈 테니."

백현준은 부상이 심했고 박수동은 별 도움이 되지 않았다.

"너희는 여기서 숨 좀 돌린 다음에 수비대와 합류해."

적시운은 차수정만 데리고서 아지트를 떠났다. 차수정의 핸드폰으로 권창수의 위치가 전송됐다.

곧장 그곳으로 이동하진 않았다. 그 전에 도시부터 청소할 생각이었다.

차수정은 과천 특구 수비대로부터 실시간으로 정보를 전

송받았다.

전투가 진행 중인 지점을 알려주면 적시운이 곧장 그곳으로 쇄도했다. 그리고 모조리 쓸어버렸다.

"크아아악!"

"컥!"

칼날의 폭풍 뒤로 단말마의 비명이 뒤따랐다.

베고, 찢고, 가르고, 젖히는 흑색의 참격.

흑룡방의 살수들은 변변한 반격조차 하지 못한 채 갈가리 찢겨 나갔다.

A랭크 이능력자인 차수정조차 거의 도울 일이 없었다.

적시운은 일말의 자비심도 없이 살수들을 도륙했고 일방적인 학살 끝에 과천 특구를 깔끔히 정리했다.

그렇더라도 흉터는 남는 법.

도시 곳곳에서 여전히 불길이 피어나고 있었다.

"선배……."

멀리서 치솟는 불길을 바라보던 적시운이 고개를 돌렸다.

"권창수에게 가자."

권창수 일행은 또 다른 비밀 벙커로 향하는 중이었다.

내통자를 처치하려던 계획이었다는 설명을 들은 적시운이 나직이 반문했다.

"혐의를 쓰고 있는 자는 모두 몇입니까?"

"거의 확실한 자가 둘. 애매한 자가 셋입니다."

"그자들, 깨끗합니까?"

"예?"

적시운의 눈빛이 착 가라앉았다.

"죽여선 안 될 만큼 무고한 자가 있느냐는 겁니다."

"……모두 제거할 생각이시군요."

"예."

"불화의 싹을 미연에 자르겠다는 생각이라면 반대하진 않겠습니다. 앞으로도 정부와 대립하기 위해선 내통자를 확실히 정리해 둬야 할 테니까요."

"아뇨."

적시운은 고개를 저었다.

"그럴 일은 없을 겁니다."

"예? 그게 무슨……?"

"일단 그들부터 처리하죠. 벙커의 위치가 어딥니까?"

권창수가 위치를 일러주자 적시운이 손을 내밀었다.

"같이 가겠습니까?"

"……예."

고개를 끄덕인 순간 세상이 뒤집혔다. 권창수는 비명조차 지르지 못한 채 적시운과 함께 허공을 날았다.

지하 벙커는 수 겹의 합금 벽으로 보호되고 있었다.

그러나 적시운은 개의치 않았다. 적당한 위치에 권창수를 내려놓자마자 득달같이 쇄도하여 검격을 펼쳤다.

쩍! 쩌저적!

대지와 합금 장갑이 수박처럼 갈라졌다.

적시운은 권창수를 데리고서 그 안으로 성큼 들어섰다.

지하 벙커의 내부 구조는 단순했다. 얼마 헤맬 것도 없이 숨어 있는 내통자를 발견할 수 있었다.

"자, 잠깐! 이건 얘기가 다르잖나! 우리만큼은 보호해 주기로 약속했잖은가!"

적시운이 접근하자마자 고래고래 소리치는 살집 좋은 사내. 일전에 초대받았을 때 얼굴을 보았던 작자였다. 겁에 질려선 얼굴도 보지 않고 소리부터 지른 듯했다.

권창수가 쓴웃음을 지었다.

"이렇게 간단히 실토를 받게 될 줄은 몰랐는데."

"궈, 권 시장? 이게 대체 무슨 일이오?"

"네가 뒈지는 일."

딱 잘라 말한 적시운이 걸음을 뗐다. 뒤늦게 전말을 파악한 사내의 얼굴이 파랗게 질렸다.

"자, 잠깐. 내게는 아내와 자식들이……!"

"그들에게도 아내와 자식, 남편과 부모가 있었겠지."

딱 잘라 말한 적시운이 사내의 귀를 움켜쥐었다. 이미 기감을 통해 귓속 통신기의 존재를 파악한 뒤였다.

"이쪽은 대한민국 내각인가? 너희에게도 말해두는 편이 좋겠지."

적시운이 손을 잡아당겼다. 사내의 귀가 송두리째 뜯기며 통신기가 끌려 나왔다.

"끄아아악!"

소름 끼치는 비명이 벙커 안에 메아리쳤다.

적시운은 사내가 비명을 토하게끔 내버려 두었다. 이 소리를 조금이라도 더 오랫동안 놈들에게 들려주고 싶었다.

비명이 차츰 잦아들 때쯤, 적시운은 사내의 몸에 권격을 꽂았다. 퍽 하는 소리와 함께 곤죽이 된 몸뚱이가 벽으로 날아가 처박혔다.

"조금만 기다려."

피로 물든 손아귀에 들린 통신기를 향해 적시운이 속삭였다.

"내가 너희에게 간다."

콰직!

살점과 통신기가 한데 터져 나갔다.

손을 털어낸 적시운이 담담히 몸을 돌렸다.

"……."

권창수는 눈앞의 상황에 압도된 채 침묵하고 있었다.

시선은 벽에 처박힌 내통자의 몸에 고정된 채였다.

적시운이 마냥 착해 빠진 사람일 거라고 생각한 적은 없었지만, 지금의 모습은 소위 말하는 아수라와 같았다.

"나를 설득할 수 있겠습니까?"

갑작스러운 적시운의 말에 권창수는 고개를 들었다.

"설득이라니, 그게 무슨 말씀입니까?"

"나는 도저히 저 개새끼들을 살려두지 못하겠습니다. 그러고 싶지도 않고요."

"……."

싸늘한 기운이 권창수의 등허리를 훑고 지나갔다.

"뒷감당이 어려울까 봐 고민도 해봤는데, 역시 안 되겠습니다. 그러니 설득할 수 있다면 지금 해보십시오. 내게 저 개새끼들을 살려둬야 할 이유가 있다면 역설해 보십시오."

자신들을 위해 죄 없는 자국민마저 살육으로 몰아넣은 자들. 그들에게 증오심이 느껴지는 건 단순한 정의감 때문만은 아닐 것이다.

나, 혹은 내 가족들도 저런 꼴을 당할 수 있으리라는 두려움. 저런 꼴을 당할 수도 있었으리라는 공포 때문일 터.

권창수는 도저히 적시운을 설득할 말을 찾아낼 수 없었다.

"나 또한 저들을 모조리 쓸어버리고 싶은 게 사실입니다.

하지만 그랬다간…….”

“수뇌부를 잃은 이 나라 전체가 휘청거릴 수 있다는 거겠죠. 맞습니까?”

“……예.”

비슷한 연배의 두 사내는 서로의 눈을 직시했다.

“당신을 오래 알았던 것도 아니고, 자세히 알지도 못합니다. 하지만 최소한 내가 아는 정치인들 중에선 당신이 가장 믿을 만한 게 사실이죠. 김 부장님도 신뢰하시는 것 같고.”

적시운이 침착한 어조로 말했다.

“그러니 당신 말고는 없습니다. 당신이 날 도와주었으면 합니다.”

“어떻게…… 말입니까?”

“내가 저 버러지들을 모조리 쓸어버릴 테니 당신이 나서서 뒷수습을 해주십시오.”

묵직한 충격이 권창수의 뇌리를 후리고 지나갔다.

“설마, 지금…….”

“나는 신서울 지하 도시로 갈 겁니다. 가서 내각을 구성하는 쓰레기들을 모조리 처리할 겁니다.”

적시운의 두 눈에서 살기가 폭사됐다.

“그 뒤를 당신이 맡아주십시오. 쿠데타의 형태가 되었든 뭐가 되었든, 정부를 장악하고 뒤처리를 맡아주십시오.”

"……!"

다른 누군가가 이런 말을 했다며 비웃거나 광인 취급했을 것이다. 하지만 적시운의 입에서 나왔다면 얘기가 달랐다. 그는 정말로 대한민국 정부를 뒤엎을 것이다. 언젠가 윤필중의 앞에서 선언했던 것처럼.

권창수가 말을 더듬거렸다.

"그건…… 그건 결코 선하거나 의로운 길이 아닙니다. 어제는 정부를 비방하던 자들이 내일은 당신을 물어뜯으려 들 겁니다."

"상관없습니다."

적시운은 딱 잘라 말했다.

"처음부터 내가 대의라느니 하는 생각 따윈 한 적 없습니다. 난 그저 내 가족들에게 조금이라도 안전한 세계를 선사하고 싶을 뿐이고, 무엇보다도 저 개자식들이 싫습니다. 단지 그뿐입니다."

권창수는 실소를 머금었다.

"그 생각만큼은 저와 같군요."

"도와주시겠습니까?"

권창수는 적시운의 의도를 알 것 같았다. 심인평과 백진율의 경우와 같은 관계가 되자는 뜻.

궁극적인 적은 대한민국 내각이 아닌, 중화당과 천무맹이 될 것이다.

'이 남자와 손을 잡으면 전쟁이 시작될 것이다.'

그렇게 생각한 권창수는 이내 고개를 저었다.

'아니, 전쟁은 이미 시작됐다. 저들의 손에 의해.'

주저하거나 물러나면 패배뿐. 이제는 앞으로 나아가는 수
밖에 없었다.

권창수는 적시운에게 손을 내밀었다.

"이젠 정말로 한배를 탄 셈이군요. 잘 부탁합니다."

"……나 역시."

적시운은 권창수가 내민 손을 맞잡았다.

제34장
Reckoning Night

1

ㅡ……천마신교가 너희의 모든 걸 부수러 갈 테니.

지지지직!

나직한 음성 뒤로 고막을 찌르는 노이즈만이 이어졌다.

무백노사는 통신 채널을 차단하고 나서도 한참 동안 말을 꺼내지 못했다.

"……."

이마와 목덜미 위로 식은땀이 흘러내렸다. 후덥지근한 공기 속에서도 혹한의 냉기가 등줄기를 타고 퍼졌다.

실로 긴 시간을 뒤로한 채 되살아난 악몽, 천마신교!

아예 예측하지 못한 것은 아니었다.

오히려 그 반대.

무백노사는 혹여나 모를 가능성을 감안하여 흑룡방을 파견하는 등의 안배를 해두었다.

그러나 막판에 예측이 빗나갔다.

오로지 하나의 실책.

놈의 힘을 과소평가하는 실수로 인하여!

그렇기에 더욱 충격적이었다.

최소한 영상 자료를 토대로 측량한 적시운의 전력은 결코 흑룡방을 압도하는 수준이 아니었던 것이다.

"노사께선 기초적인, 그렇기에 더더욱 크나큰 실책을 범하신 겁니다."

"……!"

무백노사가 눈을 부릅떴다. 그러나 그 시선을 정면으로 받는 심인평의 얼굴은 평소보다도 차분했다.

"어렵게 생각할 것 없습니다. 놈은 자신의 힘을 숨겼고, 노사께선 놈이 드러낸 약간의 힘만을 맹신하고서 흑룡방을 파견한 겁니다. 그 결과 철저히 실패했고요."

"으음……!"

"스스로의 힘에 취해 자만한 나머지, 천무맹은 실패한 겁니다."

심인평의 눈빛이 날카롭게 빛났다.

"하지만 이는 의도된 실패이기도 합니다. 천무맹주의 묵인 속에 이루어진 실패이니까요."

"……."

"그러니 그의 대답을 들어야겠습니다. 중화당의 주석으로서!"

무백노사는 당혹감 속에 진땀을 뺐다. 초절정의 무인인 그가 무공 하나 익히지 않은 일반인에게 압도당한 것이다.

이는 어찌 보면 당연한 일이었다. 노사 본인 또한 백진율에게 의구심을 느끼고 있었던 것이다.

하는 수 없이 그는 심인평을 백진율에게로 안내했다. 본인 또한 답을 듣고 싶기도 했고.

백진율은 온천탕에 몸을 담그고 있었다. 뒷모습만 보이는 그의 등에는 갖가지 상흔이 가득했다. 범인으로서는 감히 헤아리기 어려운 단련의 흔적들.

맨몸에 무방비 상태인데도 마치 끝없는 기암절벽이 눈앞으로 뻗어 있는 것만 같았다.

"두 사람이 함께 왔다는 건."

백진율이 입을 열었다.

"그리고 심 주석께서 화가 나셨다는 건 흑룡방이 실패했다는 뜻일 테지."

무백노사가 심인평을 돌아봤다. 외관상 그는 평소보다도 침착한 듯했다. 하지만 눈빛을 자세히 들여다보니 시퍼런 귀화 한 덩이가 이글거리고 있었다. 그조차도 이제야 알아챈 것을, 백진율은 만나자마자 간파한 것이다. 혹은 이미 예상했거나.

"그렇다면 무엇을 설명해야 할지도 아시겠군, 천무맹주."

심인평이 말했다.

"듣고 나서 판단하겠소. 말씀해 보시오."

"말하고 자시고 할 것도 없소. 나는 놈이 흑룡방 정도에겐 당하지 않을 거라 생각했소. 그게 전부일 뿐이오."

"그렇다면 병력을 보강하거나 계획을 수정해야 했을 것 아니오?"

"병력 보강이라. 팔부신중(八部神衆)과 사신전(四神殿)의 전 병력을 불러들였다면 중화당에서 가만히 있었겠소?"

심인평이 움찔했다. 무백노사 또한 경악한 얼굴로 백진율을 쳐다봤다.

팔부신중이란 곧 천룡팔부.

천무맹의 호법을 맡은 여덟 초고수를 의미했다. 사신전은 사방신을 모티브로 한 네 개의 무인 부대를 뜻했다.

예컨대 흑룡방은 동중국을 수호하는 청룡전의 하위 조직이었다.

백진율은 둘의 시선을 무심히 받아넘겼다.

"놈을 죽이려면 그쯤은 모아야 할 테니."

"그 정도로…… 적시운 그놈이 위험하단 말씀인지요?"

무백노사의 질문에 백진율은 픽 웃었다.

"나와 함께 아라크네를 사냥했던 놈이오. 사실상 단둘이서 대재앙급 마수를 때려잡았지. 어쩌면 지금쯤 놈의 코어까지 흡수했을지도 모르고. 이것만 봐도 도저히 얕잡아볼 상대가 아니지 않은가?"

"하오나 어찌…… 어찌 하루 만에 마수의 영단을?"

"추측일 뿐이오. 천마신교의 사술 중에 그런 게 있을지도 모르고."

천마신교.

또다시 튀어나온 아찔한 단어에 무백노사는 침음을 흘렸다.

심인평이 말을 받았다.

"하면 왜 흑룡방을 불러들이지 않은 것이오?"

"놈의 저력을 시험해 볼 필요가 있었으니까. 더불어 본맹의 맹도들에게도 경각심을 심어줘야겠다고 생각했지."

힐끔 뒤로 향한 백진율의 시선이 무백노사를 훑었다.

"최소한 한 사람은 확실히 깨달은 모양이군."

"으음……."

"인정해야 하오, 노사. 놈은 수백 년 만에 되살아난 천마신교의 망령이자 본맹 최대의 적임을."

심인평이 다시 나섰다.

"그래서, 갈 데까지 가 보기라도 하겠다는 거요?"

"그래야 한다면."

백진율의 대답에 심인평은 이를 악물었다.

"대한민국 내각은 오랫동안 우리와 협력 관계였소. 그리고 이번 일로 인해, 자칫하면 심대한 타격을 입게 될지도 모르오."

"호구 하나가 사라진다면 다른 호구를 찾아서 자리를 채우면 되는 일 아니오? 뭐, 한국 같은 큼직한 먹잇감이 많지는 않겠지만."

"……."

"어차피 피할 수 없는 싸움이었소. 적시운이 모습을 드러낸 순간부터, 아니, 천마신교가 본맹의 숨통을 끊을 뻔했던 수백 년 전부터."

백진율이 몸을 일으켰다.

대(對)아라크네 전투에서 입은 부상은 거의 사라진 직후였다.

"현실을 받아들이시오, 주석. 긴 세월에 걸친 싸움이 다시 시작된 것이오."

"······미안하지만 나는 그러지 못하겠소. 나는 나대로 최선의 경우를 도모할 거요."

몸을 돌린 심인평이 걸음을 떼었다.

"중화당의 주석으로서."

"······흠."

단호하게 선언한 심인평이 온천탕을 떠났다. 무백노사가 복잡한 표정으로 한숨을 쉬었다.

"의외의 반응이군요. 저런 이상주의자일 줄은 몰랐는데 말입니다."

"그게 아니라 계산에 능한 거겠지. 심 주석은 깨달은 거요."

백진율이 쓴웃음을 지었다.

"이 싸움으로 죽어 나갈 인명의 숫자가 어느 정도일지를."

적시운은 나머지 4명의 혐의자도 모조리 처리했다. 그런 후 일행과 재회해 자신의 생각을 털어놓았다.

"잘됐네요. 망할 자식들, 이참에 다 엎어버리자고요."

분기탱천하여 소리를 높이는 밀리아. 반면 그렉은 신중한 태도였다.

"이런 경우엔 공격 자체보다도 그게 성공한 이후가 문제다. 자칫 뒷수습에 문제가 생길 경우엔 무고한 민간인들을 적으로 돌리게 될 수도 있다."

"그 부분은 제가 어떻게든 수습하겠습니다."

"방법은?"

단도직입적인 그렉의 질문. 잠시 고민하던 권창수가 말했다.

"얼마 전 사망한 특임장관 윤필중의 자리가 아직 공석입니다. 다시 말해 수비대의 지휘 체계가 불안정하다는 뜻이죠. 그 핵심만 장악한다면 그들을 치안 유지에 이용할 수 있을 겁니다."

"그거, 확실히 성공할 자신이 있는 건가?"

"백 퍼센트라고 확신하진 못하겠습니다."

그렉의 반문에 솔직하게 대꾸하는 권창수. 적시운은 고개를 가볍게 끄덕였다.

"알겠습니다. 그럼 바로 출발하겠습니다."

"잠깐."

그렉이 적시운의 어깨를 붙들었다.

"아직 뒤처리 문제가 확실하게 정해지지 않았다."

"지금부터 정하면 되겠지. 그러기 위해 이 남자와 손을 잡은 거고."

"만약 해답이 나오지 않으면?"

"신서울은 당장 내일부터 무정부 상태가 되겠지."

적시운의 대답에 그렉이 움찔했다. 결국 뒷수습 방안과는 무관하게 오늘 밤 대한민국 내각을 철저히 끝장내 버리겠다는 뜻.

"그냥 밀어붙이겠다는 말이로군. 후폭풍이 어떻든 간에."

"내버려 두면 또다시 오늘과 같은 일을 벌일 놈들이야. 그 후환의 싹을 더 이상 내버려 둘 생각은 없어."

중화당이 됐든 천무맹이 됐든, 사실상의 상부 세력이 대한민국을 흔들고자 한다면 저들은 협력할 것이다. 당장 눈앞에 놓인 자신들의 밥그릇을 지키기 위해.

그러게끔 내버려 둘 생각 따윈 적시운에게 없었다.

당하는 것은 한 번으로 충분했다.

"말리든 가로막든 나는 신서울로 갈 거다. 이미 그러기로 마음을 정했어."

"……알겠다."

그렉도 더 반대하지 않고 물러났다.

"저도 따라가겠어요."

"그럼 저도!"

차수정과 밀리아가 나섰다. 그렉 또한 적시운의 곁에 섰다.

그리하여 만들어진 4인 파티.

누군가 이 숫자만으로 도시 하나와 일국의 정부를 뒤집어

엎겠다고 말한다면 권창수는 웃어넘겼을 것이다.

그러나 지금은 아니었다.

─내가 너희에게 간다.

놈이 선언했고, 흑룡방은 전멸했다.

상상조차 못 한 결과에 대한민국 내각은 패닉 상태에 빠졌다.

"미친놈……!"

"조국의 등허리에 칼을 꽂겠다는 건가?"

"천무맹 쪽 살수들이 이렇게나 간단히 당해버리다니……!"

당혹감과 분노 속에서 의원들은 이를 갈았다.

하지만 그 와중에도 설마 적시운이 곧장 신서울로 달려올 거라 생각하는 이는 많지 않았다.

"이번 일로 과천 쪽에 완전히 밑지는 입장이 될지도 모르겠소."

"권창수, 그 어린 여우 놈이 무슨 카드를 들고 나올지……."

"천무맹 쪽에선 달리 반응이 없는 것이오?"

의원들의 시선이 한곳으로 쏠렸다. 집중된 눈길 속에서 국정원장 서상진은 내심 혀를 찼다.

'자기 손으로는 아무것도 하지 못하는 반편이들.'

속으로만 욕설을 중얼거린 서상진이 침착한 어조로 말했다.

"아직 없습니다. 필시 그쪽도 상당히 당황했을 겁니다."

"그 흑룡방이란 작자들, 생각보다 약했던 것은 아니오?"

"천무맹에 직접 물어보시면 답을 해주겠지요."

냉소를 담아 대꾸하자 질문을 꺼냈던 의원이 무안한 듯 헛기침을 했다.

"김성렬 중장은 어찌 되었소?"

정태산의 질문이었다.

"일단은 수감시켜 두었습니다. 사태가 마무리된 후 수사에 들어갈 것입니다."

"앞으로의 대책은 어떻소?"

예상대로 덤터기를 뒤집어쓰게 생겼다. 서상진은 정태산을 노려본 채 대답했다.

"상황을 주시하며 최선의 선택을 해야겠지요."

"조금 추상적인 답변인 것 같소만."

"구체적인 계획을 짤 여력이 부족했으니까요."

정태산이 눈썹을 꿈틀거렸다.

서상진은 해볼 테면 해보라는 식으로 그를 마주 보았다.

정태산 휘하의 의원들이 뭐라 입을 열려는 찰나, 갑작스레 회의실 안에 경보음이 울려 퍼졌다.

－비상사태입니다! 북부 게이트가 외부로부터의 공습에 의해 파손되었습니다.

"……!"

장내가 웅성거리기 시작했다. 갑작스러운 보고에 의원들의 얼굴이 딱딱하게 굳었다.

마이크에 입을 가져간 서상진이 물었다.

"마수의 습격인가? 차원 게이트라도 열린 건가?"

－아닙니다. 습격자는 전원 인간입니다.

"그 숫자는?"

－지금까지 확인된 바로는…… 한 사람입니다.

콰과과과광!

특수 합금 게이트가 젖히며 권기의 폭풍이 안쪽으로 몰아쳤다. 풍압에 휘말린 기간틱 아머 부대가 모래성처럼 쓸려 나갔다.

적시운이 그 안으로 걸음을 내디뎠다.

드르르륵!

수천 발의 탄환이 그를 향해 빗발쳤다. 이능력 억제장이 광범위하게 펼쳐졌다.

후방 대기 중이던 병력이 앞으로 나섰다.

탄환과 금속, 불꽃이 한데 엉켜 이지러지는 전장.

적시운은 그 한가운데에 있었다. 흑색으로 물든 칼날을 움켜쥔 채.

쾅! 쾅! 쾅!

폭염이 일고 기계장치들이 터져 나갔다.

빗발치던 포화는 궤도가 뒤틀려 엉뚱한 곳을 타격했다.

치솟는 불길과 파괴의 향연 속에서 적시운은 다시 한 걸음을 디뎠다.

응보의 밤이 시작되었다.

2

"막아라! 어떻게든 죽여! 놈을 반드시 죽여 버려!"

윤주성은 반쯤 까뒤집힌 눈으로 고래고래 소리를 질렀다. 아버지의 원수가 눈앞에 있었다. 자신에게 씻을 수 없는 굴욕을 남긴 개자식이 눈앞에 있었다.

복수이자 설욕을 할 다시없을 기회.

이능력자를 대비한 만반의 준비를 갖추고서 이곳으로 출

동한 윤주성이었다.

자신감은 넘쳤다. 설령 S랭크라고 해도 충분히 제압할 수 있을 억제력을 총동원했다.

한데 소용없었다. 광범위 억제장은 미친 듯이 날뛰는 적시운에게 어떠한 영향도 끼치지 못했다.

콰과과광!

"크윽!"

바로 앞에서 터져 나온 폭염에 윤주성은 이를 악물었다.

장교용 기간틱 아머에 탑승 중이었지만 조금도 안전하다는 느낌이 들지 않았다.

눈앞에서 종잇장처럼 찢겨 나가는 게 그 아머들이었기에.

쉬릭!

불길을 뚫고서 신형 하나가 쇄도했다.

윤주성은 반사적으로 개틀링건의 방아쇠를 마구 당겼다.

"뒈져!"

타타타탕!

방탄유리 바깥에서 연신 불꽃이 튀어 올랐다. 그중 어떤 것도 목표물을 꿰뚫지는 못했다. 오히려 튕겨져 나갈 뿐.

대(對)마수용 철갑탄이 거짓말처럼 튕겨지는 모습에 윤주성은 입을 쩍 벌렸다.

콰직! 콰드득!

조종석의 정면 장갑이 나무껍질처럼 뜯겨 나갔다.

맨손으로 합금 장갑을 뜯어낸 사내가 윤주성을 내려다봤다. 형형한 눈빛에 이채가 스쳤다.

"너로군."

적시운이 말했다.

윤주성은 이를 뿌득 갈았다.

"네놈이……!"

"그때 말했었지? 다시 너를 찾아갈 거라고."

가슴이 철렁했다. 그래도 윤주성은 있는 대로 담력을 쥐어짜 냈다.

"네놈이 내 아버지를 죽였다!"

"네 아버지?"

"신서울 수비대 특임장관 윤필중!"

약간의 반응이라도 기대한 윤주성이었으나, 적시운의 눈빛은 도리어 차가워질 따름이었다.

"네 아버지는 쓰레기였다. 다른 내각 의원들이 그런 것처럼."

"뭐라고?"

"무고한 일반인들이 학살당했고 정부 내각은 그걸 묵인했지. 네 아버지가 살아 있었다면 그 학살을 반대했을까?"

쇼핑몰의 대참사.

윤주성도 그 배후에 숨겨진 진실에 대해선 얼추 알고 있었다.

"그건…… 국가를 위한 어쩔 수 없는 선택이었다!"

"꼭 너 같은 놈들이 국가니 대의니 잘도 들먹이더군."

"네놈!"

"이제 그만 닥쳐. 네놈들과 마주하는 것만으로도 욕지기가 치미니까."

적시운의 눈에 살기가 맺혔다.

그 살기에 자극당한 윤주성이 반사적으로 허리춤의 권총을 빼 들었다.

"으아아!"

적시운이 주먹을 뻗었다. 폭사된 권기가 조종석 내부에 회오리쳤다.

콰과과과!

기간틱 아머의 조종석이 그대로 터져 나갔다.

적시운은 주저 없이 다음 아머를 향해 신형을 날렸다.

─북부 게이트의 수비 병력이 돌파당했습니다.

갑작스러운 보고에 의원들의 얼굴이 파랗게 질렸다.

"돌파당했다니! 그게 대체 무슨 소린가?"

"습격 경보가 울린 지 몇 분이나 지났다고!"

—2개의 기갑 소대가 무력화됐습니다. 침입자는 모든 추격을 뿌리치고 종적을 감췄습니다.

"이런 개 같은!"

회의실의 분위기가 거세게 요동치기 시작했다. 의원들의 얼굴이 당혹감과 공포로 물들었다.

설마 놈이 정말로 찾아올 줄은 몰랐던 것이다.

그것도 이렇게나 빠르게!

흑룡방의 전멸이 보고된 지 1시간도 채 지나지 않았다. 그 짧은 시간 동안 놈은 단신으로 쳐들어와 북부 게이트를 돌파했다.

덤으로 수비 병력을 궤멸시키기까지 했다. 오롯이 혼자서, 그 누구의 힘도 빌리지 않고.

"미친놈……! 설마 정말 우리와, 이 나라와 해보겠다는 건가?"

"정말 이곳까지 찾아오려는 것인가?"

"서 원장! 뭔가 수를 내보시오!"

되는대로 말을 쏟아내는 의원들. 몇 시간 전까지의 여유롭던 태도는 거짓말처럼 자취를 감춘 뒤였다.

서상진은 정태산을 돌아봤다.

정태산은 깍지 낀 손으로 입가를 가린 채 침묵하고 있었다.

"특무부의 전원을 소집하겠습니다. 이렇게 된 이상 신서울 내의 기갑 병력과 이능력자 전원을 동원해 저지하는 수밖에 없습니다."

"우리는 어쩌면 좋소?"

의원 하나가 질문을 던졌다.

서상진은 내심 혀를 차고서 말했다.

"시내 곳곳에 설치된 비밀 벙커에 은신하고 계십시오. 상황이 진정될 때까지 숨어 계시는 편이 현재로선 최선일 겁니다."

"그, 그럽시다. 설마 저 개자식이 우리 위치를 일일이 알아내어 찾아오기까지야 하겠소?"

"일단 이 위기만 모면하면 될 거요."

의원들이 자리에서 일어나 우르르 빠져나가기 시작했다.

수상인 정태산이 자리를 지키고 있는데도 신경 쓰지 않은 채였다.

결국 마지막까지 회의장에 남은 사람은 둘뿐이었다.

"버러지 같은 놈들. 목숨이 경각에 걸리니 보이는 것도 없나 보군."

나직이 중얼거리는 정태산.

서상진은 자기도 모르게 쓴웃음을 흘렸다.

"설마 각하와 단둘이 남게 될 줄은 몰랐습니다."

"도망쳐 봐야 해결될 일이 아니니까. 단신으로 2개의 기갑 소대를 궤멸시킬 정도의 괴물이 상대라면 더더욱."

"그렇다고 여기에 남아 죽음을 기다리실 분은 아닐 텐데요?"

"누구에게나 최후의 한 방은 있는 법이지."

정태산이 굳은 얼굴로 말했다.

"그러는 서 원장은 왜 이곳에 남았소?"

"마무리해야 할 일이 있기 때문입니다."

삐빅.

원탁 위로 홀로그램 화면이 나타났다.

신서울 지하 도시의 조감도.

그 곳곳에서 붉은 광점이 반짝이고 있었다. 각 비밀 벙커들의 위치. 내각 의원들이 헐레벌떡 향하게 될 장소였다.

서상진은 원탁의 터치패드 패널을 조작했다. 파일화된 데이터가 어딘가로 전송되었다.

"권창수에게 보낸 건가?"

"그렇습니다."

"그 젊은 여우 놈에게 내통자가 있으리란 것쯤은 의심할 필요도 없었지. 하지만 그게 서 원장일 줄은 몰랐군."

"우리도 과천 쪽에 내통자를 실컷 심어두었잖습니까? 보아하니 이미 제거당한 것 같지만."

"언제부터 놈과 내통했던 거요?"

서상진은 피식 웃었다.

"지금부터 할 겁니다. 제가 입수해 둔 정부 내각의 기밀 자료를 조건 삼아서."

"놈들이 배신자를 받아들여 줄 거라 생각하나?"

"각하께서 언젠가 말씀하셨던 것처럼, 저는 유능합니다. 그들이 능력자를 알아볼 재량을 지녔다면 손을 잡으려 할 테죠."

"그것도 이곳을 무사히 빠져나갔을 때의 얘기지."

"빠져나갈 겁니다."

서상진이 권총을 꺼내어 들었다.

"수상 각하를 인질로 삼아서."

"……."

"일어나 주시겠습니까? 늑장 부리다간 적시운 그놈이 이곳까지 들이닥칠지도 모릅니다."

정태산이 몸을 일으켰다.

서상진이 문 쪽으로 고갯짓을 했지만 그는 꿈쩍도 하지 않았다.

"시간을 끌 생각입니까? 이거 실망인데요. 각하라면 좀 더 현명하게 대처하시리라 생각했는데."

"물론 그럴 생각이다. 여기서 너를 죽이고 적시운과 권창수, 그 버러지들도 도륙을 낼 생각이거든."

살기등등한 대답에 서상진은 움찔했다. 그러나 이내 여유로운 미소를 지어 보였다.

"궁지에 몰리니 본색을 드러내는 건가? 당신도 어쩔 수 없는 인간인가 보군."

"네놈들과는 격이 다르지."

"격이 다르신 분은 총 맞고도 멀쩡하다던가? 닥치고 따라오기나 하시지."

정태산의 주름진 입가가 냉소를 그렸다.

"쏴 봐라, 그 장난감."

"……이능력자였다는 건가? 미안하지만 이 총에는 APB가 장전되어 있다. 설령 능력을 숨겨온 이능력자라 하더라도……."

"쏘라고 했다. 천박하기 짝이 없는 조선 놈."

"……!"

울컥한 서상진이 정태산의 어깨를 겨냥했다.

죽이진 않고 제압만 해서 끌고 갈 요량. 그는 주저 없이 방아쇠를 당겼다.

탕!

총구가 불을 뿜었으나 탄환은 목표물을 맞히지 못했다. 애꿎은 벽에 적중하여 불꽃을 튀길 뿐.

"……!"

서상진은 두 눈을 부릅떴다.

그리고 정태산이 사라진 자리와 자신의 복부를 번갈아 보았다.

양복 차림의 팔뚝이 배를 뚫고 들어간 뒤. 정태산의 손아귀는 서상진의 척추를 움켜쥐고 있었다.

서상진이 입을 벌리자 왈칵 핏물이 쏟아졌다.

"다, 당신……!"

"천무맹 사신전 동청룡의 수좌 상우천. 네놈의 목숨을 거둬간 자의 존함이다. 지옥까지 간직하고 가거라."

"……!"

충격과 경악이 서상진의 눈에 스쳤다. 모든 것을 깨달은 자의 눈빛이었다.

"우리는, 이 나라는…… 네놈들의……."

"좋은 종복이었지. 앞으로도 그럴 것이다."

상우천이 손을 뽑았다. 덜컥 꿈틀거리는 몸뚱이. 그것을 끝으로 서상진의 숨이 끊어졌다.

"조금은 아쉽군."

상우천이 중얼거렸다. 어느 정도는 정치인 정태산의 관점이 담긴 혼잣말이었다.

"조선인이라는 것만 치우고 보면 꽤나 쓸 만한 젊은이였는데."

서상진은 유능했다. 계파가 다름에도 중용할 만큼.

그러나 그것은 어디까지나 대한민국 내각이 유지될 때의
이야기.

적시운이 이곳까지 치고 들어온 이상은 끝장이라고 봐야
했다. 적시운의 성공 여부와 별개로 대한민국 내각은 이미
붕괴했다.

남은 것은 거대한 규모의 혼란뿐.

정치인 정태산으로서도, 천무맹의 일원 상우천으로서도
씁쓸한 일이었다.

"동이(東夷)에서의 파견 임무도 이걸로 끝인가?"

청룡전의 수좌 상우천은 쓰러진 시체를 내려다보며 혀를
찼다.

종복이 있는 곳엔 감시관이 필요하게 마련이다. 상우천은
그 역할을 수행하기 위해 한국에 파견되었다. 야당의 핵심
인사인 정태산을 살해한 후 그로 위장했고, 이후 십 년 가까
운 세월 동안 대한민국 내각의 방향을 주도해 왔다.

그러나 그것도 오늘로 끝. 이 나라의 허수아비들만으로는
적시운을 막을 길이 없었다.

대한민국 내각은 오늘 확실히 종말을 고하게 될 것이었다.

"그래도 뒤처리는 확실히 하고 가야 할 터."

그는 사신전의 네 수좌 중 한 명. 천무맹주 휘하 12강의 한 자리를 차지하고 있는 강자였다. 그런 상우천이 이대로 얌전히 물러난다는 건 스스로의 자존심이 허락하지 않았다.

"놈의 시체와 함께라면 체면치레는 할 수 있겠지."

나직이 중얼거린 상우천이 몸을 돌렸다.

노회한 정치인의 얼굴은 몇 걸음을 딛는 사이에 강인한 중년인의 낯으로 바뀌었다. 왜소해 보이던 체구도 눈에 띄게 거대해져 구릿빛 근육이 양복 정장의 곳곳을 찢으며 비어져 나왔다.

"모든 것은 맹을 위하여."

−기밀 자료가 저희 측 데이터베이스로 전송됐습니다. 신서울 내 비밀 벙커들의 위치입니다.

통신기를 통해 권창수의 음성이 흘러나왔다.

−적시운 님의 PDA로 전송할 테니 확인해 보십시오.

"그러죠. 파일은 내통자가 보낸 겁니까?"

−일단 발신자는 국정원장 서상진으로 표시되고 있습니다. 투항하겠다는 의도인지, 함정인지는 확실하지 않습니다.

잠시 생각하던 적시운이 입을 열었다.

"세 사람에게도 파일을 보내주십시오. 너희 셋은 벙커들을 뒤져서 숨어 있는 놈들을 처리해."

-알겠다.

그렉이 대답했다.

-선배님은 어쩌시려고요?

차수정의 질문에 적시운은 이미지 파일을 열었다.

유달리 커다랗게 반짝이는 광점 하나. 필시 정부 내각의 회의실이 위치한 벙커일 터.

화면을 내려다보던 적시운이 말했다.

"놈들의 머리를 칠 거다."

3

그렉과 밀리아, 차수정은 약간의 시간 차를 두고 북부 게이트를 통과했다. 이미 적시운이 휘젓고 지나간 뒤였기에 위험 요소는 존재하지 않았다.

게이트 너머는 폭풍이 휩쓸고 간 뒤였다. 박살 난 기갑 병력의 파편들과 무너진 건물들의 잔해가 넓은 공간에 흩뿌려져 있었다.

밀리아가 흠칫 몸을 떨었다.

"와, 이렇게까지 분노한 시운 님은 처음 본 것 같아."

"시운 선배뿐만이 아니에요."

차수정이 말했다. 평소에도 냉정한 편인 그녀였으나, 지금은 온몸에서 한기를 풀풀 흘리고 있었다.

"요인 대피용 벙커들의 위치가 전송됐어요. 내각 의원들은 그곳으로 향했을 거예요. 계획된 움직임이 아니었던 만큼 수비 병력은 적을 테고요."

"시간 싸움이라는 거군."

"졸병들 몰려오기 전에 쓱싹 해치우자는 거지?"

그렉과 밀리아가 무기를 꺼내 들었다. 고개를 끄덕인 차수정이 걸음을 떼었다.

"가죠, 박멸하러."

세 사람은 계엄령이 떨어진 신서울의 도로를 가로질렀다.

근방의 수비 병력은 적시운에 의해 궤멸당한 뒤. 추가 병력 역시 그에게로 온 신경이 쏠린 상태였다.

더불어 차수정은 인적 드문 곳만을 경로로 골랐다. 세 사람을 가로막는 장해물이 나타날 리 만무했다.

"이쪽이에요."

일행은 텅 빈 고가도로 아래로 내달렸다.

얼마 지나지 않아 터널이 나타났다. 그 앞을 지키는 소수의 병사도.

"애들아! 거기에 의원님들 계시니?"

밀리아가 쾌활하게 소리치자 대답 대신 탄환 세례가 쏟아졌다.

"얼씨구?"

빗발치는 탄환 속에서 밀리아가 고개를 돌렸다.

"얘들, 내가 처리해도 되지?"

"되도록 죽이진 말아주세요."

"알아!"

금발 벽안의 버서커는 하얀 이를 드러내며 웃었다.

"어루만져만 줄 거야."

밀리아의 체구가 순간적으로 증대됐다.

고유 능력, 버서커 스트렝스.

7.62㎜ 철갑탄들이 피부를 뚫지 못하고 튕겨 나갔다.

"이능력자다!"

"APB를 갈겨!"

"그러게 내버려 둘 줄 알고?"

밀리아가 병사들 사이로 뛰어들었다. 닭장 안에 살쾡이가 뛰어든 격.

그녀는 맨손만으로 건장한 병사들을 때려눕히기 시작했다.

드르르륵!

몇 발이 탄환이 살갗을 파고들었다. 이능력 억제탄의 작용으로 인해 버서커의 힘이 소멸, 그녀의 체구가 줄어들었다.

"그럼 이제 2페이즈 시작!"

우우웅.

타형명공의 기운이 밀리아의 기맥을 타고 질주했다. 이능력에 강화가 사라진 육체가 내공에 의해 강화됐다.

"갈 테니 막아보셔."

그녀는 버서커 상태이던 때보다도 빠른 스피드로 병사들을 몰아치기 시작했다.

"크아악!"

"컥!"

주먹 한 방, 발길질 한 방마다 병사들이 나가떨어졌다. 빨라진 속도로 인해 탄환을 맞히기도 어려워졌다.

소대 규모의 병력이 무력화되는 데까진 10분도 채 걸리지 않았다.

"따가워 죽겠네."

밀리아가 어깻죽지를 긁적이며 투덜거렸다. 아무리 그녀여도 반탄공의 경지까진 무리였기에 몸 곳곳에 탄환이 박힌 상태였다. 그 와중에도 피부 깊이 파고든 것은 하나도 없었지만.

"무식하게 튼튼한 것 하나만큼은 알아줘야겠군."

의료용 핀셋을 꺼낸 그렉이 밀리아에게 다가갔다.

"비아냥대지 말고 이것들이나 좀 뽑아봐."

"안 그래도 그럴 참이다. 몸 뒤틀지 말고 얌전히 있도록."

"안 아프게 뽑아야 얌전히 있지."

"그게 말이 된다고 생각하나?"

"너 의사였잖아!"

"그래서?"

"돌팔이 소리 듣기 싫으면 안 아프게 좀 해보란 말이야."

"차라리 돌팔이 소리를 듣는 게 낫겠군."

티격태격하는 두 사람을 내버려 둔 채 차수정은 걸음을 옮겼다.

그렉이 힐끔 돌아봤으나 아무 말도 꺼내지 않았다.

"혼자 가게 두려고?"

"그러길 바라는 것 같으니 내버려 둬야지."

차수정은 터널 안으로 들어섰다. PDA로 전송된 자료 덕택에 내부 구조는 속속들이 파악한 뒤. 그녀는 어둠 속에서도 침착하게 걸음을 옮겼다.

터널 벽의 한 지점을 누르자 비밀 문이 열렸다. 문 너머의 빛이 터널 안으로 쏟아졌다.

대피용 방공호.

핵전쟁 및 대규모 마수 공습을 대비한 벙커는 수 겹의 방어 장치의 보호를 받고 있었다. 그 모든 장치를 해제할 데이터가 차수정에게 있었고.

스릉. 스르릉.

대전차포도 막아낼 강철문들이 커튼처럼 젖혀졌다. 그 안을 얼마간 걸으니 고급스럽게 장식된 거실이 나타났다.

"누, 누구냐?"

발을 딛기 무섭게 들려오는 외침.

차수정은 침착하게 대꾸했다.

"차수정. 대한민국 특무부 1급 요원입니다. 이제는 그 직함 앞에 전임이란 표현이 붙어야겠지만요."

"혼자 온 것인가?"

"그렇습니다."

"나를 죽이려고?"

"네."

차수정은 방 안으로 들어섰다. 비대한 체구의 중년인이 보였다.

겁에 질린 얼굴. 두 눈은 한시도 가만히 있지 않고 그녀를 위아래로 훑고 있었다.

"그걸 알기에 여기에 숨으신 거겠죠. 아닙니까?"

"우린 그 미친놈을 피해 이곳에 숨은 걸세."

"적시운 선배 말인가요?"

"그래! 놈은 미쳤어. 윤필중 장관을 살해한 일을 생각해

보게. 오늘 일은 또 어떻고? 놈은 조국의 심장에 칼을 꽂으려는 미치광이일세!"

"그 말씀."

차수정의 두 눈이 차갑게 식었다.

"영문도 모른 채 죽어간 사람들 앞에서도 해보시죠."

"적시운이 아니었다면 그들이 죽을 일도 없었네!"

"선배에게 책임을 전가하려는 건가요?"

"한번 생각해 보게. 놈이 나타나기 전까지 이런 일이 있었는지를! 모든 게 평화롭고 순조로웠어. 대한민국은 안전했단 말일세!"

"당신들의 보금자리가 안전했던 거겠죠. 수많은 사람의 피와 희생 위에 세워진 궁궐이."

"우리는 적법한 절차로 선출된 의원들이야. 그런 우리를 죽이겠다고?"

다급해진 의원이 벌떡 일어났다.

"우릴 죽이고 난 다음은 뭐지? 적시운 그놈을 이 나라의 왕으로 앉힐 건가? 독재자로 받들어 민주주의를 짓밟을 것인가?"

"……."

"우리를 비난하는 건 쉬운 일이겠지. 하지만 우리의 행동은 국가를 위한 것이었네. 저 강대한 중국에 맞서 이 나라를 어떻게든 지탱시키고자 노력해 온 사람들이 바로 우리란 말일세!"

차수정은 대꾸하지 않았다.

흥분을 가라앉힌 의원이 조곤조곤히 말을 이었다.

"중국은 대국일세. 우리는 소국이고. 상대적으로 약할 수밖에 없는 대한민국이 살아남으려면 놈들의 비위를 맞춰주는 수밖에 없었네. 그러지 않았다면 이 나라의 명운이 위태로웠을 걸세."

"······."

"우리가 수백 명을 학살했다고? 아니! 수십, 수백만의 목숨을 살리기 위해 눈물을 머금고 그들을 희생한 걸세!"

의원의 왼손이 등허리로 향했다. 손에 잡히는 것은 APB가 장전되어 있는 권총. 근거리에서 갈긴다면 1급 사이킥이라 해도 배겨낼 재간이 없었다.

의원은 텅 빈 오른손을 내밀었다.

"지금이라도 늦지 않았네. 옳은 판단을 하게. 대를 위해서는 때때로 눈물을 머금고 소를 희생해야 하는 법일세."

"······."

"적시운은 결코 대안이 아니야. 놈은 이 나라를 송두리째 불사를 위험 요소일세."

왼쪽 검지가 방아쇠울에 들어갔다. 겨냥하여 당기기만 하면 끝.

의원은 호흡을 가라앉히며 기회를 엿봤다.

"자네가 도와준다면……."

목소리가 뚝 끊어졌다. 의원은 말을 잇는 대신 두 눈을 부릅뜨며 경악했다.

"……!"

왼손에 감각이 없었다. 황급히 고개를 돌리니 권총과 왼손이 한데 얼어붙어 있었다.

"이건……!"

"감사합니다."

차수정이 담담히 말했다.

"아주 조금 남아 있던 양심의 가책까지 손수 지워주셔서."

"자, 잠깐. 아무래도 오해가 있었던 것……."

"아니, 오해 같은 건 처음부터 없었어."

얼음장 같은 목소리가 의원의 고막을 후벼 팠다.

"너희는 구제불능의 살인마들이고, 그에 대한 책임감조차 느끼지 못하는 쓰레기들이야."

"잠시만! 잠시만 얘기를……!"

"얘기가 아니라 사죄를 해. 너희 때문에 죽어간 사람들에게."

차수정은 의원의 이마에 손을 얹었다.

그녀의 새하얀 손가락을 기점으로 극저온의 냉기가 흘러나왔다. 냉기는 의원의 핏줄을 타고 온몸으로 퍼져 나갔다.

툭. 투툭.

얼어붙어 팽창한 혈관들이 몸 곳곳에서 터지기 시작했다.

"꺼, 허어억!"

"지옥에서."

꿈틀!

한차례 크게 들썩인 의원의 몸이 푹 고꾸라졌다. 혈관을 타고 들어간 냉기가 심장을 터뜨려 버린 것이다.

벌인 짓에 비해 너무나 편안한 죽음.

밤새 내각 의원 전원을 처리하려면 시간이 촉박했기에 어쩔 수 없었다.

차수정은 재빨리 터널을 빠져나왔다.

밀리아와 그렉이 기다리고 있었다.

"처리했나?"

"네, 기다려 주셔서 감사해요."

고개를 가볍게 끄덕이는 그렉이 몸을 돌렸다.

"가지. 벌레들을 남김없이 박멸하기엔 밤이 짧다."

"네."

세 사람은 곧장 자리를 벗어났다.

적시운은 정면을 바라봤다.

시가지와 동떨어진 위치의 폐공장. 외관만 보자면 도둑고양이 한 마리 얼씬거리지 않을 듯했다.

그러나 내부에 자리한 것은 수백 명을 수용하는 게 가능한 초대형 방공호. 이곳이야말로 저들의 아성, 내각 의원들의 비밀 회의장이었다.

그러나 지금은 텅 빈 상황.

의원들이 우르르 빠져나간 자리에 남아 있는 건 소수 병력과 하급 공무원들뿐이었다.

'그리고……'

쿠구구구.

폐공장의 대형 철문이 좌우로 벌어졌다. 그 사이로 건장한 체구의 중년인이 걸어 나왔다.

"넌 뭐냐."

"글쎄."

중년인이 냉소를 머금었다.

"대한민국 내각 수상 정태산이라 소개해야 할지, 청룡전의 수좌 상우천이라 소개해야 할지 애매하군."

"아, 그래."

적시운은 곧장 땅을 박찼다.

파앙!

시우보와 염동력의 이중 가속.

단번에 상우천의 코앞까지 쇄도한 적시운이 주저 없이 운철검을 휘둘렀다.

"큭!"

상우천은 황급히 몸을 날렸다.

방금 전까지의 여유로운 태도는 거짓말처럼 사라진 뒤.

아슬아슬하게 등허리를 스쳐 간 천마검기가 폐공장을 덮쳤다.

콰과광!

산산이 터져 나가는 공장 건물.

위장용으로 쌓아놓았던 타이어와 잡동사니들이 건물 파편과 뒤섞여 사방으로 비산했다.

주르륵 미끄러지던 신형을 가까스로 수습한 상우천이 뿌득 이를 갈았다.

"미친 자식! 무인으로서의 최소한의 예조차 취하지 않겠다는 것이냐?"

"그딴 게 필요한가?"

스륵.

흙먼지를 젖히며 적시운의 신형이 짓쳐들었다.

"널 쳐 죽여야 할지 아닌지만 판단하면 그만인데."

"건방진!"

상우천이 쌍장을 떨쳤다.

소림의 나한투호장(羅漢鬪虎掌).

금색의 강기가 적시운을 향해 들이쳤다. 적시운은 몰려드는 기운을 향해 천랑섬권을 내뻗었다.

쾅!

두 신형이 짓쳐들어온 방향의 반대편으로 튕겨졌다. 대지가 거북이 등처럼 갈라지고 파공음이 지하 도시를 흔들었다.

"크……!"

상우천이 비척거리며 몸을 가다듬었다.

머릿속이 혼란스러웠다.

놈의 무위도 무위이거니와, 상우천이 머릿속으로 계산한 것과 다르게 흘러가는 상황도 당혹스러웠다.

최소한 몇 마디 말이라도 나누려 할 거라 생각했다.

대체 누군지, 어떤 비밀을 품고 있는지 따위를 물어보기라도 할 거라 생각했다.

한데 아니었다.

놈은 이미 마음을 굳힌 뒤였다.

누가 앞을 가로막든, 어떤 비밀을 가졌든 간에 부숴 버리기로.

쐐액!

흙먼지를 뚫고 무언가가 쇄도했다.

상우천은 반사적으로 권격을 먹였다.

콰직!

풍선처럼 터져 나가는 건 콘크리트 덩어리.

상우천은 두 눈을 부릅떴다.

'염동력!'

검은 그림자가 머리 위로 드리웠다.

적시운의 신형이 상공에서 직각으로 내리꽂혔다.

4

쾅!

"크허억!"

권격에 격타당한 몸뚱이가 땅에 처박혔다. 이내 지표면이 쪼개지며 지하 공간이 나타났다. 요인 전용 지하 주차장이었다.

상우천의 몸이 주차장으로 추락했다. 뒤따라 내려간 적시운이 발뒤꿈치를 내려찍었다.

"큭!"

상우천은 양손으로 바닥을 후려쳐 방향을 틀었다.

아슬아슬한 시간 차로 바닥을 찍는 발꿈치. 쩍 하는 소리와 함께 거대한 균열이 생겨났다. 그대로 맞았다면 두개골이 빠개졌을 터.

상우천은 경악 속에서 소리쳤다.

"어, 어떻게! 어떻게 이런 무위를……!"

윤필중 살해 당시의 영상으로 파악한 실력과는 비교도 되지 않았다.

물론 본위의 전력을 숨기는 것이야 이 바닥의 불문율이라지만, 그걸 감안하더라도 차이가 너무나 컸다.

특히나 저 내공!

일격, 일격에 담겨 있는 기운의 밀도가 너무나 높았다.

권기로 권강을 깰 정도라면 말 다 한 게 아닌가?

"네놈은 대체 뭐냐!"

"백진율이 말하지 않던가?"

적시운이 정면으로 짓쳤다.

우측으로 피하려던 상우천이 순간 움찔했다. 주차되어 있던 자동차들이 그를 향해 날아들고 있었다. 적시운이 염동력으로 끌어당긴 게 분명했다.

"큭!"

뚫고 나가려 마음먹은 순간, 상우천은 기감을 통해 깨달았다. 자동차들의 온도가 급격히 상승하고 있다는 것을.

"네놈!"

콰과과광!

자동차들이 동시에 폭발하며 화염을 뿌렸다. 지하 주차장이 요동치며 파편과 흙먼지를 쏟아냈다.

상우천은 호신강기를 발휘해 폭발력과 초고온을 버텨냈다.

빠져나가고 싶었으나 그럴 수가 없었다. 사위를 감싼 채 일어난 폭발의 압력이 그를 제자리에 묶어두고 있었다.

남는 선택지는 둘.

위로 솟구치거나 아래로 꺼지거나.

상우천은 위쪽을 택했다. 지하 공간보다는 표면 바깥이 퇴로 확보에 용이했던 것이다.

그리고 이내 후회했다.

"빌어먹……!"

적시운이 위로부터 쇄도했다.

사고의 사각을 찔린 상우천은 반사적으로 쌍장을 내뻗었다.

나한투호장의 절초, 백팔금계(百八禁戒).

금색 강기가 상우천의 전신에서 뿜어져 나왔다. 가히 이 일대를 초토화하고도 남을 정도의 힘. 천무맹 12강다운 무위였다.

[다시 말해, 기껏해야 그 정도밖에 안 된다는 뜻이지.]

천마의 음성이 적시운의 뇌리를 스쳤다.

[보여주게. 놈이 맞서고자 한 자가 어떠한 존재인지를.]

적시운은 오른 주먹을 끌어당겼다. 가장 익숙한 초식 중 하나인 천랑섬권.

그러나 지금 주먹을 휘감는 느낌은 생경했다. 주먹 위에서 흑색으로 이글거리는 기운은 권기가 아닌 권강이었기에.

적시운이 주먹을 내려찍었다.

꽝―!

상우천의 금빛 강기가 모래성처럼 흩어졌다.

백팔금계를 부수고 들어간 천랑섬권의 권강이 그대로 상우천의 몸에 꽂혔다.

콰과과과광!

거대한 충격파가 주변을 휩쓸었다. 지하 주차장이 붕괴되며 주변의 땅까지 움푹 내려앉았다. 대량의 흙먼지가 일대를 뒤덮었고 권격의 여파는 지하 도시 전역을 흔들었다.

"크허…… 억!"

피투성이가 된 상우천은 폐허의 한가운데에 드러누워 있었다. 적시운의 권강에 맞서 상우천은 전심전력으로 호신강기를 펼쳤다.

선천진기까지 모조리 끌어내어 몸을 방어했음에도 완벽히

방어하지 못했다.

결국 뼈마디가 모조리 박살 나고 몸 곳곳의 근섬유가 찢겨 나갔다.

만신창이가 된 몸뚱이.

가까스로 숨만 유지하고 있었다. 그나마도 진기가 빠져나 간 육체가 급속도로 노화되는 중.

죽음이 상우천의 등 뒤에서 어른거렸다.

혹은 눈앞에서.

"괴, 괴물……!"

어둠 속에서 적시운의 안광이 빛났다. 차갑기 짝이 없는 시선에 상우천은 흠칫 몸을 떨었다.

적시운이 입을 열었다.

"이제 말해봐."

"……뭐?"

"아까 지껄이려 했던 얘기들, 지금 말해보라고."

상우천은 순간 얼이 빠졌다.

"네놈이 하란다고 내가 할 것 같으냐?"

콰직!

상우천의 입에 주먹이 틀어박혔다. 권강은커녕 권기조차 실리지 않았으나 고통만큼은 그 어떤 절초보다도 생생했다.

"끄흐……!"

"응."

적시운의 대답에 상우천이 눈을 부릅떴다.

"너, 너……!"

쾅!

다시 한번 주먹이 내리꽂혔다.

이번에도 내공이 실리지 않은 주먹질. 그 정도로도 상우천의 코뼈를 부수는 데엔 충분했다.

"꺼억. 헉."

"네가 뭐 하는 놈인지, 무엇을 했는지, 누가 시킨 건지. 다 말해."

콰직!

적시운의 발뒤꿈치가 상우천의 복부에 내리꽂혔다. 선천진기까지 모조리 소모한 단전이 마침내 박살 났다.

"……!"

눈을 까뒤집은 채 사지를 바르르 떠는 상우천.

적시운은 그 몸 위에 손을 짚고서 내공을 주입했다. 체내를 감도는 기운으로 인해 활력이 돌아왔다.

그러나 이미 단전이 박살 난 뒤. 몸에 활력이 감돈다 해도 내공으로 써먹는 것은 불가능했다. 철저히 생명을 연명하는 데에만 쓰일 따름.

상우천은 그제야 적시운이 무엇을 하려는지 깨달았다.

"전부 얘기하면."

"이, 이런 미친 새⋯⋯!"

쾅!

다시 한번 상우천의 얼굴에 주먹이 내리꽂혔다.

"죽음을 허락해 주지."

사람은 과거의 실수로부터 배움을 얻는다던가?

너무 뻔해 새삼스러울 것도 없는 격언이었지만 지금의 적
시운은 제대로 실감하고 있었다.

'그 개자식, 이름이 뭐였더라.'

차수정을 제압하고 적세연과 임하영을 포획하려 했던 특
무부 요원.

적시운은 한참 생각하고 나서야 놈의 이름이 이연석이라
는 걸 떠올렸다.

'아, 그래. 그놈.'

놈을 해치울 적엔 아쉬움이 남았었다. 조금 더 고통을 줬
어야 했는데 너무 일찍 숨이 끊어졌던 것이다.

그래도 그 덕에 깨달은 게 있다는 건 좋았다. 예컨대 지금
과 같은 경우가 그랬다.

적당한 타격으로 고통을 최대화하되 목숨은 연명시킨다. 그리고 적절한 내공 주입으로 육체를 회복시킨다.

죽었다고는 할 수 없으나 살았다고 하기도 애매한, 그저 목숨만 부지했을 뿐인 상태.

적시운은 그 미묘한 경계를 유지하고 있었다.

덕분에 상우천만 죽을 맛. 그는 10분을 채 버티지 못하고 모든 정보를 토해냈다.

상우천이 속한 청룡전을 비롯한 천무맹 수뇌부의 체계. 그가 대한민국에 파견되어 맡은 임무 및 정부 내각을 휘두른 방법과 모략들.

그 외에도 여러 가지 정보를 입수할 수 있었다.

"그게 전부야. 나도 그 이상은 모른다!"

상우천이 절규했다. 앞서의 당당하던 모습은 온데간데없었다.

"아직 하나 남았어."

"말하겠다! 말할 테니 그만!"

"그만, 뭐?"

"그만 때려다오. 제발!"

적시운은 시큰둥한 눈으로 상우천을 내려다봤다.

"네가 하란다고 내가 할 것 같나?"

"끄흐으으……!"

"뭐, 더 패기도 귀찮으니 일단은 묻도록 하지. 10년 전의 타임 슬립 프로젝트. 주도자는 누구였고 목적은 뭐였지?"

상우천의 눈에 당혹감과 절망감이 떠올랐다.

"모, 몰라. 정말로 몰라! 그런 일이 있었는지도 모른다."

"……"

"정말이다! 우리들 12강이라고 해서 모든 걸 알고 있진 않아! 믿어다오!"

[정말인 것 같구먼. 뭐, 그렇다고 두들겨 패지 말아야 한다는 건 아니네만.]

쾌활한 어조로 중얼거리는 천마.

적시운은 주먹을 그러쥐었다. 상우천이 혀를 깨물려고 했으나 염동력이 이를 가로막았다.

"끄흐으으!"

상우천은 미칠 것 같은 기분 속에서 짐승처럼 흐느꼈다. 입에는 거품을 물고서 눈물, 콧물을 쏟아내는 모습은 처량하기까지 했다.

물론 적시운은 일말의 동정심도 느끼지 않았다. 천무맹과 정부 내각으로 인해 죽어간 이들의 고통에 비하면 이 정도는 약과였다.

'내가 그 집행자가 되는 게 정당한 일인지는 모르겠지만.'

[흥, 뭘 그리 복잡하게 생각하나?]

천마가 핀잔을 주었다.

[그냥 간편하게 생각하게. 미친개에겐 몽둥이가 약이고 이빨 들이미는 짐승에겐 칼을 꽂는 게 답이라고.]

'그리고?'

[그 이상의 복잡한 사안은 아랫것들에게 넘기게. 그러라고 있는 게 부하들이니.]

"……그래, 당신 말이 맞아."

나직이 중얼거린 적시운이 통신기를 들었다.

"차수정, 그쪽 상황은 어때?"

─핵심 의원 24인 중 9명을 제거했어요. 한데 놈들도 낌새를 느낀 것 같아요. 벙커를 비우고 달아나기 시작한 모양이에요.

"권창수가 그랬던 것처럼?"

─네, 수비 병력은 있는데 벙커는 비어 있는 경우가 많았어요. 몇 곳은 폭파 장치까지 가동되고 있었고요.

"다친 데는 없고?"

─네, 그렉 씨가 사전에 알아챈 덕분에 피할 수 있었어요.

"알겠어. 나도 곧 합류할게."

통신을 마친 적시운이 상우천을 내려다봤다.

'그거 있잖아. 오스카리나한테 심었던 거.'

[폐혈고 말인가?]

'그래. 근데 그것보다 좀 더 강하고 효과 좋은 것, 없을까?'

천마가 빙긋 웃었다.

[당연히 있지.]

"잘됐네."

적시운도 빙긋 웃었다. 그 미소를 본 상우천은 심장을 찢을 듯한 공포 속에서 전율했다.

10분 후, 적시운은 도로 위를 내달리고 있었다.

"정태산을 제거했습니다. 내각 의원들도 반수 이상 처리했고요."

권창수는 그게 의미하는 바를 대번에 깨달았다.

─서울이 무정부 상태가 되었군요.

"예, 그러니 빈자리를 차지할 사람이 필요합니다. 마이크를 쥐고서 그럴싸한 성명을 발표할 사람이."

─안 그래도 비행선단을 끌고 가는 중입니다. 다만 지하도시의 요격 시스템이 건재하다면…….

"부숴놓죠. 뒤처리는 알아서 하십시오."

─사실 그게 문제입니다. 당장은 머리 잃은 신서울 수비군만 상대할 테니 문제가 없겠지만, 내일이면 신서울 바깥의

군사 부대에 이 소식이 알려지게 될 겁니다.

"그들이 공격해 올 거라 생각합니까?"

－가능성은 충분합니다. 어쨌든 그들에겐 힘이 있고, 외관상 우리의 전력은 미약하니까요.

군 병력이 두려운 건 아니었다. 그러나 불필요한 피를 흘리는 일은 되도록 피하고 싶었다.

"그 일을 방지하기 위해 필요한 게 뭡니까?"

－역시 병력이겠지요. 저들도 감히 치고 들어올 생각을 못할 정도의 가시적인 병력 말입니다.

"과천 특구 쪽 병력만으로는 턱없이 부족하다는 거군요."

－예, 부끄러운 일입니다만…….

잠시 고민하던 적시운이 넌지시 물었다.

"군단 규모라면 되겠습니까?"

－예?

"군단 하나 정도의 규모라면 되겠냐는 겁니다."

－무, 물론이지요. 하지만 당장 어디서 그 정도의 병력을 구할 수 있겠습니까?

"한 사람의 위치 정보만 알면 됩니다. 아마 배신자가 보내 온 정보에 포함되어 있겠죠."

－그게 누굽니까?

적시운은 그 이름을 말했다. 권창수는 대번에 모든 걸 이해했다.

"그래서……."

대한민국 육군 제2사단장, 김성렬 중장이 말했다.

"지금 자네를 위해 2사단을 움직여 달라는 건가?"

"예."

아담한 주택이었다. 육군 중장이 구금되어 있을 거라고는 아무도 생각하지 못할 그런 장소.

내각 정권은 일반적인 교도소 대신 이곳에 김성렬을 수감시켜 두었다. 외부의 시선을 피해 조용히 일을 진행시키기 위함이었으리라.

물론 탈주를 대비해 감시 병력을 배치해 놓았다. 불과 1분 만에 적시운에게 쓸려 나갔지만.

"뭔가 크게 일을 벌인 모양이로군."

"예."

"정권을 전복시켰나?"

"그렇습니다."

"자네가 새로운 권좌를 차지해 독재자가 될 테고?"

"권창수가 할 겁니다."

"자네는 뒤에서 조종하고?"

"그래야 한다면 해야겠죠."

"그리고 나도 그 일에 한 발 담그라는 거군."

"예, 괜찮다면 아예 우두머리도 해먹으시죠. 젊은 시장 대리보단 중후한 중장 쪽이 그럴싸할 테니까요."

김성렬은 쓴웃음을 지었다.

"자네가 찾아오지 않았다면 아마도 난 오늘 밤을 넘기지 못했을 걸세. 저들은 그런 자들이니까. 불안의 씨앗을 결코 내버려 두지 않을 자들이니까."

"그런 자들이었던 거겠죠. 지금쯤 거의 다 끝장이 났을 테니."

"정권을 탈취한 악당들의 손에 의해 말이군."

"예."

적시운이 손을 내밀었다.

"그 악당들과 함께 한몫 잡아보시겠습니까?"

김성렬은 그 손을 마주 잡았다.

"기꺼이."

제35장
새로운 흐름

1

사태는 수습 단계로 들어서고 있었다. 내각의 실세는 사실상 전멸했고 남은 것은 머리 잃은 정부의 몸통뿐이었다.

권창수가 끌고 온 병력은 신서울에 무혈입성했고 오래 걸리지 않아 정부를 장악했다.

구금에서 풀려난 김성렬은 곧장 2사단의 지휘권을 회복했다. 평소 강력한 리더십과 카리스마로 사단을 통솔해 온 덕택인지 2사단 소속 장교들은 모반 얘기를 듣고서 도리어 환호했다.

"마냥 기쁘지만은 않군."

김성렬은 한숨을 내쉬었다.

"미우나 고우나 이 나라의 정부였는데. 미운털이 박혀도 단단히 박혔었던 모양이야."

"중국의 총독부이자 중화당의 개였을 뿐입니다."

적시운이 딱 잘라 말했다.

"더 정확히 말하자면 천무맹의 노예였을 뿐이고요."

"음……."

"그보다 병력을 이쪽으로 데려올 수 있겠습니까? 권창수가 초조해하는 눈치던데요."

"어려울 건 없을 걸세. 그리고 어쩌면 다른 사단장도 몇몇은 끌어들일 수 있을 듯하네. 대부분 나와 절친한 후배들이거든."

그렇게 되면 대략 군단 규모의 병력이 손에 들어온다. 적시운이 처음 예상한 대로였다.

2사단 병력의 위치는 두 군데. 정예 병력은 황해도에, 여분의 병력은 충남 논산에 주둔 중이었다.

그 도합 5천의 병력을 일단 신서울로 불러들이기로 했다.

당분간 계엄을 유지해야겠지만 상황이 진정되는 데엔 긴 시간이 걸리지 않을 터였다.

적시운은 일단 차수정 일행과 합류했다.

"어떻게 됐어?"

"핵심 의원 24인 중 18인을 처리했어요. 그리고 도시 밖으로 탈주하는 의원 5명을 권창수 시장 대리 측이 생포했다고 해요."

"내각 수상 정태산?"

"네, 아마도 선배님께서……."

"처리했어. 진짜 정태산은 아니었지만."

"네?"

적시운은 상우천에 대해 간결히 설명했다. 차수정도 김성렬도 상당한 충격을 받은 표정이었다.

"그들은…… 저희가 생각한 것 이상으로 이 나라를 쥐고 흔들고 있었군요."

"그래, 이젠 아니지만."

"그 천무맹이란 자들과 중화당 측이 가만히 있지는 않겠네요."

"그렇겠지. 가만히 있어서도 안 되고."

그때 권창수에게서 연락이 왔다.

─정부 장악은 대강 마무리된 것 같습니다. 1시간 뒤에 성명을 발표할 계획입니다. 정태산 수상은 어떻게 됐습니까?

"죽었습니다. 우리가 아는 것보다도 오래전에."

─예?

권창수에게도 같은 내용을 설명했다. 그 역시 상당한 충격을 받은 듯했지만, 생각보다 빠르게 냉정을 되찾았다.

─솔직히 말해서 이번 일에 약간은 회의적이었습니다만, 그 얘기를 듣고 나니 그 생각이 싹 지워지는군요.

"외부에 떠들긴 어려운 얘깁니다. 사람들이 믿어주지도 않을 테고."

─그건 걱정 마십시오. 정권 탈취의 오명은 제가 모두 뒤집어쓸 테니.

"수고해 주십시오. 그리고 이쪽 위치로 보라매 한 기만 보내주시면 고맙겠습니다."

한국군 제식 수송기 보라매. 오토파일럿 기능을 탑재한 소형 비행정이었다.

─뭔가 옮길 거라도 있습니까?

"예."

적시운은 차갑게 웃었다.

"중화당에 선물 하나를 전달하려고요."

아침 해가 밝을 무렵 2사단 병력이 신서울에 당도했다. 권창수는 과천 특구 병력을 돌려보낸 후 2사단 기갑 부대를 치안 유지군으로 돌렸다.

핵심 의원 24인은 전멸. 살아남은 의원들은 잔챙이들에 불과했기에 정부 장악은 어렵지 않았다.

비교적 깔끔하게 수뇌부만 제거됐다는 점도 호재였다.

행정부는 금세 제 기능을 회복했다.

태천그룹을 비롯한 재계 쪽도 별다른 반발을 보이지 않았다.

"아무래도 저를 허수아비로 생각하는 모양입니다. 다만 배후에 대한 추측이 조금 다른 모양이더군요."

"KP그룹이 쿠데타를 주도했다고 생각하고 있답니까?"

"예, 분위기를 봐선 그런 것 같습니다. 오늘 아침에만 해도 아버지 앞으로 수십 통의 전화가 걸려왔다더군요."

적시운은 고개를 끄덕였다.

"잘됐네요."

"그렇게 생각하십니까?"

"탐욕스러운 재벌이 일생일대의 도박을 통해 권력을 손에 쥐었다는 쪽이, 일개 요원 출신 하나에 의해 정권이 무너졌다는 쪽보다는 그럴싸하겠죠."

권창수는 피식 웃었다.

"아무리 대재벌이라지만 저희 집안이 그렇게까지 탐욕스럽진 않은데요."

"이미지가 그렇다는 겁니다. 대재벌에 대한 서민들의 인식이란 게 대개 그러니까요."

"예, 그건 저도 알고 있습니다. 사실, 그렇게 생각하더라도 이상할 건 없겠죠."

권창수가 깍지 낀 두 손으로 턱을 받쳤다.

"대한민국의 의원내각제는 끝났습니다. 우리나라는 다시 대통령 중심제로 회귀할 겁니다. 직선제 투표는 투명하게 이루어질 거고요. 저는 그때까지만 임시로 행정부를 운영할 겁니다."

"그쪽이 바라지 않는 후보가 대통령이 될 수도 있을 텐데요."

"그렇더라도 받아들여야죠. 처음부터 그럴 생각이었습니다."

"권좌에 욕심이 있었던 것 아닙니까?"

"권력욕이 없었다면 거짓이겠지만…… 뭐든 과하면 체하는 법이죠. 이런저런 수단까지 동원해 가며 권좌에 집착하고 싶진 않습니다."

권창수는 어깨를 으쓱했다.

"저는 아직 젊은 데다 돈도 많고 능력도 충분하니, 기회야 앞으로도 여러 차례 있지 않겠습니까?"

"……."

"좀 재수 없었지요?"

"많이."

권창수가 쓴웃음을 지었다. 적시운도 피식 웃어 보였다.

어차피 애초의 목적은 정부를 뒤엎는 것. 중화당의 개가 되어버린 이들을 소탕하는 데 있었다.

그 목표가 달성된 이상 더 간섭할 생각은 없었다. 권창수가 도를 넘는 과욕을 부린다면 모르겠으나, 지금 상황은 오히려 정반대. 적시운이 반대할 이유는 없었다.

"한데…… 한 가지만 물어봐도 됩니까?"

"물어보시죠."

"어젯밤, 보라매에 대체 무엇을 실어서 보낸 겁니까?"

"청룡전주입니다! 청룡전주가 생환했습니다!"

신북경 지하 도시.

황해를 건너온 소형 비행정이 공항에 착륙했다. 아무런 병기도 탑재하지 않은 수송기엔 한 사람이 드러누워 있었다.

청룡전의 수좌, 상우천.

피투성이에 온몸이 박살 난 그는 손가락 하나 까딱하지 못했다.

보고는 중화당마저 거르고서 천무맹에 전달되었고, 천무맹 수뇌부는 발칵 뒤집혔다.

"단전이 완전히 파괴되었습니다. 수복은 아마도 불가능할 겁니다."

상우천을 진찰한 의원의 진단이었다.

이내 쩌렁쩌렁한 고함이 뒤를 이었다.

"개소리! 그딴 소리나 지껄이라고 부른 줄 아는가? 무슨 수를 써서라도 우천을 살려내라!"

현무전의 수좌, 폭뢰권왕(暴雷拳王) 황사룡이었다.

다른 이들보다도 머리 하나는 더 큰 체구에 피부까지 시뻘건 그는 살아 숨 쉬는 활화산 같았다.

"적당히 하게, 사룡. 이럴 때일수록 침착해야 하네."

백호전의 수좌인 창궁검왕(蒼穹劍王) 남궁혁이었다.

"무엇보다도 맹주의 앞이지 않나."

"……죄송하우, 형님. 죄송합니다, 맹주."

"……."

천무맹주 백진율은 팔짱을 낀 채 눈을 감고 있었다. 그의 침묵에 실내의 모두가 숨이 막히는 기분이었다.

그때 상우천이 번쩍 눈을 떴다. 의원은 물론이고 방 안의 모두가 깜짝 놀랐다.

"천무…… 맹주!"

가까스로 벌어진 입에서 메마른 음성이 흘러나왔다. 반색하려던 이들이 음성에 담긴 살기에 흠칫 놀랐다.

끼릭. 끼기기긱.

상우천의 목이 옆으로 돌아갔다. 고개를 돌린다기보다는 꺾는 것에 가까운 동작. 천하의 고수라 할 수 있는 천무맹 수뇌부였으나 그 광경 앞에선 경악할 수밖에 없었다.

"천마신교가…… 천마의 후계자가…… 돌아왔다."

"……!"

"사냥감은…… 바로 천무맹."

벌어진 입 밖으로 시커먼 핏물이 꿀렁거리며 흘러나왔다. 상우천의 이마 위로 실핏줄이 툭툭 불거졌다.

"기, 기혈이 역행을!"

기겁하여 소리치는 의원. 상우천이 피를 토하며 일갈했다.

"사냥꾼이 사냥감을 찾아가리라!"

퍼억!

상우천의 머리가 그대로 터져 나갔다. 선홍색 뇌수 파편이 의원의 얼굴을 덮쳤다.

"히이익!"

경기를 일으키며 널브러지는 의원. 백진율을 비롯한 수뇌부 또한 얼어붙은 채 자리에 지키고 있을 따름이었다.

"사술……!"

남궁혁이 이를 뿌득 갈았다.

황사룡은 저벅저벅 걸어가 의원의 멱살을 틀어쥐고 들어

올렸다.

"이 버러지 같은 새끼! 사술이 걸려 있다는 것도 눈치채지 못했단 말이냐!"

"히이익!"

"사룡! 놓아줘라. 우리 또한 몰랐을 정도인데 의원이라고 알 도리가 있었겠느냐!"

"쳇!"

황사룡이 의원을 내던졌다.

바닥을 데굴데굴 구른 의원이 엎드린 채 바르르 몸을 떨었다.

"이게 네 대답이라는 거군."

백진율이 나직이 중얼거렸다.

"적시운……!"

곁에 찰싹 달라붙어 있던 무백노사가 황급히 말했다.

"이것은 맹주의 잘못이 아닙니다. 너무 심려치 마시길……."

"……."

황사룡과 남궁혁이 백진율을 돌아봤다.

"부디 제게 토벌의 명을. 조선 반도를 피로 물들이겠습니다."

"아니! 이번엔 제게 양보해 주십시오, 형님. 제가 가겠습니다. 놈을 산 채로 잡아와 우천의 복수를 하겠습니다!"

"멍청한 소리!"

무백노사의 일갈에 사신전의 두 수좌가 눈살을 찌푸렸다. 하나 이어지는 노사의 말엔 대답을 못 했다.

"너희 둘 중에 청룡전주에게 걸린 사술을 눈치챈 이가 있었더냐?"

"······."

"맹주께서 적시운 그놈과 함께 아라크네를 토벌하시는 영상을 확인해 보긴 했더냐?"

"······."

"청룡전주를 살해한 놈의 무위는 결코 얕볼 수 없는 것이다. 무턱대고 정벌이니 복수니 입에 담을 성질이 아니란 말이다!"

"그럼 뭐 어쩌라는 겁니까, 영감?"

황사룡의 반문에 무백노사의 눈초리가 치솟아 올랐다.

"여, 영감? 이놈이 정녕 주둥이를 꿰맴질당하고 싶어 환장을······!"

"그만."

백진율의 한마디에 무백노사가 입을 다물었다. 두 사람 또한 고개를 숙였다.

"상우천이 죽었다는 건 한국 정부가 우리 제어를 벗어났다는 걸 의미한다. 이건 비단 천무맹뿐 아니라 중화당과도 관련될 수밖에 없다는 뜻이다."

"……."

"조만간 회의를 열겠다. 심인평 주석과도 대화를 나눠봐야겠지. 놈과 한국 정부에 대한 처분은 그때 결정하겠다."

"알겠습니다, 맹주."

"그리고……."

백진율이 힐끔 침대 쪽을 돌아봤다. 상우천의 시체는 삽시간에 말라붙어 미라처럼 변해버린 뒤였다.

"놈의 숨통은 내 손으로 끊을 것이다."

먼 곳으로부터의 희미한 느낌.

[괴뢰고(傀儡蠱)가 발동했구먼.]

천마의 속삭임에 적시운은 고개를 끄덕였다.

숙주의 자아를 말살하고 완벽한 꼭두각시로 만들어버리는 고독. 천룡혈독공의 고독 중에서도 상위권에 속하는 물건이었다.

과거 오스카리나에게 써먹었던 폐혈고 같은 것과는 비교를 불허하는 능력.

상우천은 적시운이 심어둔 말을 똑똑히 전달하고서 폭사했으리라.

[그나저나 드디어 인정했구먼, 자네.]

"무엇을?"

[천마신교 말일세. 천마신교!]

"……."

천마가 의기양양하게 웃었다.

[본좌가 사람을 제대로 봤어. 역시 자네는 본좌의 후계자가 될 운명이었던 걸세.]

"사람을 제대로 보긴. 어차피 나 아니면 대책도 없었으면서."

[흠, 사소한 부분은 좀 넘어가네나. 어쨌든 이제 양놈식 표현을 집어치우고 천마신교로 가는 거지? 응?]

적시운은 피식 웃었다.

"고려해 볼게."

2

과천 지상 특구, 길드 데몬 오더의 아지트.

사람들은 박살 난 본관 대신 별관에 모여 있었다. 그나마도 그리 많지는 않았다. 다친 이들은 병원으로, 멀쩡한 이들은 권창수를 따라 신서울로 향한 뒤. 남아 있는 사람은 열 명이 채 되지 않았다.

"화나신 건 아니죠?"

"응?"

헨리에타가 고개를 돌렸다. 적세연이 비상식량을 인형처럼 껴안고 있었다.

"나더러 한 말이니?"

"네, 헨리에타 언니."

"하긴 내가 바보 같은 질문을 했구나."

헨리에타는 그녀의 뒤쪽을 보았다. 녹초가 되다시피 한 적수린과 임하영이 침대 위에서 자고 있었다.

적시운에 대한 근심과 걱정으로 밤을 지새우다가 조금 전에야 곯아떨어진 참. 반면 밤새 숙면하고 일어난 적세연은 쌩쌩했다.

"언니랑 어머님과 달리 넌 푹 자더구나."

"두 사람은 오빠를 걱정해서 그래요."

"너도 그렇지 않아?"

"그렇긴 한데 괜찮아요. 걱정보다 믿음이 더 크니까요."

어찌 보면 낯간지럽게 들릴 법한 말. 이런 말을 당당히 한다는 건 보통 신뢰가 아니고선 불가능한 일이었다.

"근데 화났냐는 건 무슨 소리니?"

"아, 언니가 혹시 화나지는 않았을까 싶어서요."

"왜 그렇게 생각해?"

"오빠가 언니만 쏙 빼놓고 갔잖아요."

그렇게 대답한 적세연이 이내 덧붙였다.

"밀리아 언니라면 분명히 길길이 날뛰었을 거예요."

헨리에타는 실소를 머금었다.

"알고 지낸 지도 얼마 안 됐는데, 밀리아에 대해 정확히 알고 있구나."

"알기 쉬운 사람이니까요. 그렉 씨와는 다르게."

"하긴 그렉이 좀 친해지기 어려운 사람이긴 하지."

"그렉 씨는 너무 무겁고 딱딱하신 것 같아요. 조금만 밝아 져도 여자들을 끌고 다닐 텐데."

"그러기엔 너무 창백하고 야위지 않았어?"

"한국에선 그게 먹혀요."

"그, 그래? 음……. 어쨌든 내 대답은 화나지 않았다는 거 야. 오히려 조금은 기뻐."

"그런가요?"

"응, 그만큼 그가 나를 믿고 있다는 뜻이잖아? 그 사람이 아무에게나 가족을 맡기진 않을 테니까."

적세연이 고개를 끄덕였다.

"확실히 어른이시네요, 헨리에타 언니는."

"밀리아가 지나치게 나잇값을 못하는 거야."

두 사람은 쿡쿡거리며 웃었다. 그 떨림에 비상식량이 불편하다는 듯 콧김을 뿜었다.

"성깔 있네요, 얘."

"그래 봬도 다이어 울프 새끼니까. 다 크면 몸길이만 3m 가 넘어갈걸."

"얘네 부모는…… 오빠랑 여러분이?"

"응, 처치해야 했어. 위험한 마수들이었으니까. 방사능에 오염되기도 했고."

적세연은 비상식량의 보드라운 털 위로 얼굴을 파묻었다.

"얘도 그렇게 될까요?"

"방사능에 주의하고 접종만 잘하면 커럽티드 울프가 되진 않을 거야. 늑대를 기반으로 한 마수이니 잘만 기르면 애완 견처럼 다룰 수도 있을 테고."

"다행이네요."

"다행이라 해야 할지는 모르겠어. 밀리아는 이 녀석이 크 는 날만 기다리고 있거든."

"사냥개로 쓰려고요?"

"아니, 이름값 하게 만들어준다고."

"……아하."

피식 웃은 헨리에타가 덧붙였다.

"진심 같지는 않지만 말이야."

두런두런 얘기를 나누는 동안 백현준과 박수동이 방으로

들어왔다.

"침입자들의 전멸을 확인했습니다. 그래도 혹시 모르니 외출하실 경우엔 호위자를 대동하여 주십시오."

"오빠 소식은 없나요?"

"현재 사후 처리를 논하고 계십니다. 추가적인 정보가 들어오면 바로 알려드리겠습니다."

"사후 처리라면, 오빠는 무사하다는 거죠?"

"물론입니다. 그뿐 아니라…….."

잠시 머뭇거리던 백현준이 덧붙였다.

"사실상 이 나라의 왕이 되셨습니다."

우려와 달리 군부의 반발은 크지 않았다. 어쩌지도 못할 만큼 깔끔하게 내각이 갈려 나간 데다 김성렬의 존재가 생각보다도 컸던 것이다.

수도권 사단인 1, 3사단 역시 신정부 측으로 돌아섰다. 물론 그 배후에선 KP그룹의 이름으로 상당한 사례가 건네진 뒤였다.

"이걸로 수도권은 안심할 수 있습니다. 다만 지방정부 측의 반발은 어떤 형태로든 튀어나올 수밖에 없을 겁니다."

행정부 청사.

예전으로 치면 청와대라 할 수 있는 그곳에 권창수와 김성렬, 적시운이 함께 하고 있었다.

"그중 가능성이 높은 곳은 총 3곳입니다."

"광주와 대구, 그리고 부산 말이로군."

"그렇습니다, 국방장관님."

김성렬이 미간을 찌푸렸다.

"그렇게 부르지 말아줬으면 좋겠소만."

"임시직이긴 하지만 장관직을 수락하셨잖습니까?"

"어쩔 수 없이 수락한 거요. 전임 장관이 죽어버렸으니."

"그자도 내각의 핵심 인사였으니 당연한 귀결이지요."

"어쨌든 그리 내키는 호칭은 아니오."

"그럼 사단장님이라 불러드리면 되겠습니까?"

"음."

"알겠습니다. 그럼 그렇게 하죠."

권창수가 적시운을 돌아봤다.

"지난 10년간 대한민국엔 많은 변화가 있었습니다. 지방정부의 권력 강화도 그중 하나죠."

"옛 봉건시대를 생각하면 될 걸세. 나라의 중심은 신서울이지만, 각 광역시는 그에 뒤떨어지지 않는 독자적인 힘을 구축하게 되었네."

"독자적인 힘이라면, 어느 정도입니까?"

"현 3개 사단이 우리의 전력이라 가정한다면, 세 도시의 힘을 합친 것이 그 두 배쯤 될 걸세."

"생각보다 크군요."

"예, 그런 만큼 그들의 인정을 받는 게 중요합니다. 하나가 되지 않고선 수백만에 달하는 중국 인민군을 당해낼 수 없으니까요."

"어쩌다 지방정부가 득세하게 된 겁니까?"

"대통령의 사망이 시발점이었지. 정태산을 비롯한 여당 측이 의원내각제를 밀어붙이는 과정에서 문제가 불거졌네."

"각 지하 도시가 자급자족 능력을 갖추게 된 것도 컸습니다. 구태여 타 도시와 교류할 필요가 없어지다 보니 간섭받을 일도 줄어들게 된 거죠."

"복합적인 원인으로 이런 일이 벌어졌다는 거군요."

"예, 지금까진 그런 상태로도 국가 경영이 어찌어찌 가능했습니다만……."

앞으로는 힘들 것이다.

그것은 천무맹에 선전포고를 한 적시운이 누구보다도 잘 알고 있었다.

"어쨌든 광역시들을 우선적으로 포섭해야겠군요. 할 수 있겠습니까?"

"다른 곳은 어찌 가능하겠습니다만……."

권창수의 얼굴에 그림자가 드리웠다.

"벅찬 곳이 어딥니까?"

"부산입니다."

"이유가 뭡니까?"

"태천그룹이 그곳을 휘어잡고 있습니다."

한국 재계의 1인자이자 KP그룹의 오랜 라이벌.

적시운과도 악연으로 얽혀 있는 대기업이 바로 태천그룹이었다.

"거래를 할 수는 있겠지만 진정 어린 협력을 끌어내긴 어려울 겁니다. 최소한 저와 KP그룹의 힘만으로는요."

"그럼 다른 곳부터라도 먼저 포섭하는 게 낫겠군요. 부산쪽은 잠시 미뤄두죠."

"역시 그래야겠지요?"

회의는 그 뒤로도 두어 시간쯤 더 이어졌다. 국정 운영의 방향만 결정하는 것뿐인데도 상당한 시간이 소요된 것이다.

그나마 국가의 범위가 과거에 비해 협소해진 덕택에 이 정도. 자잘한 부분이 권창수 선에서 처리되었다는 점도 컸다.

"이 정도면 될 것 같습니다."

권창수가 피로한 미소를 지었다.

"적시운 님은 가서 쉬셔도 될 듯합니다. 나머지는 제가 처리하죠. 정말 수고하셨습니다."

"그럼 가 보겠습니다. 수고하십시오."

"아, 잠시만."

권창수가 무언가를 꺼내어 내밀었다. 받아 들고 보니 매끈하게 코팅된 검은색 카드였다.

"플래티넘 블랙. KP그룹에서 발급하는 신용카드입니다."

"비싼 겁니까?"

"정밀 티타늄으로 만들어져서 장갑차가 밟아도 손상되지 않습니다. 한도는 사실상 무한대. KP그룹이 부도날 정도로 긁는 게 아니라면 얼마든지 지출하는 게 가능합니다. 대한민국 및 동맹국 전역에서 사용할 수 있으며 VIP를 위한 혜택 또한 무제한으로 누리는 게 가능합니다."

"혜택이라면……?"

"KP그룹의 전용 여객기 및 여객선의 대절이 상시 가능하며 각국 5성 호텔의 무료 이용이 가능합니다. KP그룹과 제휴 관계인 모든 상점을 무료로 이용할 수 있습니다. 쇼핑 및 여행 시엔 해당 국가의 언어에 정통한 안내원을 제공해 드리기도 하고요."

"허."

김성렬이 미묘한 침음을 뱉었다. 암석 같은 그의 얼굴에도 놀란 기색이 역력했다.

"세상엔 참 별게 다 있군."

적시운도 멍한 표정이었다. 막연히 뭐든 가능하다는 식이다 보니 피부에 확 와닿지는 않았다.

"가족분들 선물이라도 실컷 사다드리십시오. 좋아하실 겁니다."

"빌려주는 겁니까?"

"아뇨, 드리는 겁니다. 적시운 님은 방금 KP그룹의 7번째 VVIP가 되셨습니다."

빙긋 웃은 권창수가 김성렬을 돌아봤다.

"장관님도 원하신다면 발급해 드릴 수 있습니다."

"아, 아니. 됐소. 무서워서 들고 다니지도 못하겠군."

김성렬이 손사래를 쳤다.

적시운도 약간 주저하긴 했으나 카드를 주머니에 집어넣었다. 어쨌든 준다는 것을 굳이 거절할 필요는 없어 보였다.

[허, 이 철판 쪼가리가 그렇게 대단한 물건이란 말인가?]

천마 또한 얼얼한 반응이었다.

[무슨 황제의 옥새보다도 더한 것 같구먼. 객잔도 공짜고 배 타는 것도 공짜란 거지? 돈을 써도 무한정 쓸 수 있고?]

'그렇다는데?'

적시운은 무의식중에 혼잣말을 중얼거렸다.

"뭐, 전 세계가 전시 상황이라 써먹을 곳은 그리 많지 않겠지만."

"그렇지만도 않을 겁니다."

권창수가 의미심장한 미소를 지었다.

"제가 장담하죠."

적시운은 차수정 일행과 함께 과천으로 귀환했다. 신서울
엔 상황이 안정된 후에 다시 돌아가기로 했다.

"그럼 그때까지는……."

가족들, 그리고 동료들과 시간을 보내면 되리라.

물론 그 와중에도 천무맹 측 움직임을 예의주시할 필요가
있었지만, 당장은 휴식을 취해도 괜찮을 듯했다.

"휴식이라……."

적시운은 쓴웃음을 지었다. 생각해 보면 특무부 요원 시절
에도, 중원에서 돌아온 이후에도 제대로 쉬어본 기억이 없었
다. 어떻게 쉬어야 할지도 실감이 나지 않았고.

"이럴 땐…… 그냥 물어보는 편이 가장 빠르겠지?"

혼자 생각하는 것보단 아무래도 그쪽이 나아 보였다.

"그래서 나한테 묻는 거라고?"

"응, 역시 네게 물어봐야 할 것 같아서."

적세연은 어물거렸다.

하기야 갑자기 뭘 하고 싶으냐고 묻는데 쉽게 대답할 수 있을 리 없었다.

"아무 거나 다 가능해?"

"응, 뭐든지."

"돈이 많이 드는 일이어도? 음, 그러니까…… 오빠를 못 믿는 건 아닌데, 돌아온 이후에도 뭔가 돈을 벌거나 한 건 아니잖아?"

적시운은 대답 대신 플래티넘 블랙 카드를 내놓았다. 적세연은 멍한 눈으로 카드를 내려다봤다.

"이게 뭔데?"

권창수에게 들은 얘기를 그대로 설명해 주었다. 적세연의 입이 쩍 벌어졌다.

"저, 저, 정말?"

"그렇다는데? 아니면 권창수한테 가서 따지면 되고."

멍하니 입을 벌린 채 있던 적세연이 퍼뜩 정신을 차렸다.

"정말로 내가 원하는 대로 다 해도 되는 거야?"

"그렇다니까 그러네."

적세연의 볼이 발갛게 상기되었다.

"그러면, 나……."

[말세로군, 말세야.]

천마가 준엄한 어조로 중얼거렸다.

[어찌 아녀자들이 벌건 대낮에 저리 헐벗고 다닐 수가 있단 말인가? 그건 그렇고, 저쪽 좀 쳐다보게나. 아니, 거기 말고 왼쪽으로 좀 더.]

'……'

[허어, 정말 풍만하면서도 호리호리한…… 말세로군.]

고개를 가로저은 적시운이 두 눈을 꽉 감고 드러누웠다. 천마가 당황했다.

[지금 뭐 하는 짓인가?]

'댁이야말로 뭐 하는 거야? 전성기엔 주지육림에서 미녀들 거느리고 떵떵댔을 양반이.'

[누가 그러던가? 소림 땡초들이 그러던가? 망할 허언꾼 놈들. 부처는 그놈들 안 잡아가고 뭐 했나 모르겠군.]

'하여간 시끄러우니까 입 좀 다물어.'

[알았네. 아무 말도 안 할 테니 좀 보기나 해주게.]

적시운은 한숨을 쉬고서 눈을 떴다.

화려한 실내 수영장의 전경이 펼쳐졌다. 비치 베드에 앉아 있는 적시운의 곁으로 실오라기 같은 비키니를 입은 여성들이 깔깔거리며 지나갔다. 사실 입었다기보다는 걸쳤다는 표현이 더 어울렸다.

혹은 아슬아슬하게 붙여만 놓았다거나.

과천 최고의 5성 호텔. 그 내부에 만들어진 실내 수영장이었다.

그 한복판에 가만히 앉아 있자니 말세라는 천마의 말이 약간은 동감되었다.

'바깥에선 정권이 뒤집히고 난리가 났는데, 이곳은 성황을 이루고 있군.'

도시가 습격받은 게 다름 아닌 그저께 일이었는데도 말이다.

마치 다른 세상에 살고 있는 듯한 이들.

칼로 흥한 자가 몰락하더라도 돈으로 흥한 자는 살아남는 다던가?

어디선가 읽었던 구절이 새삼 떠올랐다.

[허어, 흐음. 어허…… 거창.]

'……'

[으음. 호오. 허, 이거…….]

'빌어먹을 망령 같으니. 노망이 나도 단단히 났군.'

[음? 흠흠. 무슨 말을 하는 건가? 본좌는 그저 개탄스러운 현실에 탄식을 흘리고 있었을 뿐일세.]

'좋아 죽겠다는 한숨 소리밖에 안 들리는데?'

[그 무슨 말도 안 되는……. 그나저나 자네야말로 뭐 하자는 건가? 온종일 여기에만 드러누워 있을 건가?]

'그것만으로도 충분해.'

적시운의 시선이 한곳으로 향했다. 비교적 얕은 풀장에서 적세연과 밀리아, 비상식량이 물장구를 치고 있었다.

원칙적으로 어떠한 애완동물도 데려올 수 없었지만, 플래티넘 블랙 카드의 힘 앞에선 원칙조차도 무의미했다.

"간다! 꽉 잡아!"

밀리아가 두 손으로 물을 휘젓자 파도가 일어났다. 풀장 규모로 봤을 땐 거의 쓰나미 규모였다.

킥판을 쥔 적세연과 그 위에 올라탄 비상식량이 이리저리 파도에 휩쓸렸다. 일견 위태로워 보일 지경인데도 적세연은 신나서 깔깔거리고 있었다.

"……뭐, 괜찮겠지."

괜히 나서봐야 과잉보호밖에 되지 않으리라.

혹시 몰라 기감까지 펼쳐 두었으니 큰 문제는 없을 터였다.

"선배는 수영 안 하세요?"

차수정이 다가왔다. 검은색 비키니를 입은 그녀의 양손엔 이름 모를 주스가 들려 있었다.

적시운은 주스를 받아 들고 음미했다. 맛을 보아하니 잘은 몰라도 코코넛이나 그와 비슷한 열대 과일 같았다.

'예전엔 구경조차 못 해본 건데.'

[본좌도.]

쓴웃음을 짓는 적시운의 옆자리에 차수정이 살며시 앉았다.

"그러는 너는 수영 안 해?"

"하고 왔어요."

과연 그녀의 몸은 촉촉이 젖어 있었다.

어깨에 착 달라붙은 긴 머리칼 끝에 물방울들이 아롱졌다. 어깨선과 허벅지는 그 위에 맺혀 있는 물기로 인해 한결 매끄러워 보였다. 화장기 없는 얼굴도 한껏 머금은 수분으로 인해 더욱 생기가 넘쳤다.

무엇보다는 그녀는 주변인들의 시선을 한눈에 사로잡고도 남을 미녀. 비치 베드에 비스듬히 누운 모습은 확실히 아름다웠다. 적시운조차 새삼 긴장할 만큼.

[거, 죽여주는구먼.]

적시운은 홱 시선을 돌렸다. 천마가 뭐 하는 거냐며 투덜거렸지만 애써 무시했다.

주스를 한 모금 마신 차수정이 싱긋 웃었다.

"저렇게 신나 하는 모습들, 처음 보는 것 같아요."

"그러게."

시선을 돌리지 않아도 기감을 통해 알 수 있었다.

햇살이 떨어지는 유리창 아래에서 선탠에 열중하고 있는 헨리에타.

재잘거리는 여성들에게 둘러싸여 있는 그렉.

수영장이 내려다보이는 카페 건물에서 티타임을 갖고 있는 임하영과 적수린…….

어제까지의 일이 꿈만 같이 느껴질 만큼 평화로운 광경이었다.

"그렉이 생각보다 인기가 많나 보네."

"흔치 않은 백인 남성이니까요. 가만히 뜯어보면 우수에 잠겨 있는 미청년 느낌도 나고요."

"저 녀석이?"

차수정이 의미심장한 미소를 지었다.

"혹시 질투하세요, 선배?"

"아니."

[하고 있군, 하고 있어.]

"……."

적시운은 천마의 의식을 무의식 깊은 곳에 처박아버렸다. 상단전의 각성 덕에 가능해진 일이었다.

시끄러운 망령이 사라지니 한결 편안한 기분이었다. 적시운은 막힌 곳이 뻥 뚫린 것 같은 개운함에 한숨을 내쉬었다.

차수정은 그 한숨을 다른 의미로 받아들인 듯했다.

적시운의 셔츠 위로 손을 얹은 그녀가 싱긋 웃었다.

"아무래도 질투하시는 것 같은데요?"

장난기 다분한 어조.

적시운은 어깨를 으쓱했다.

"그럼 그렇다고 해두지, 뭐."

"피, 재미없는 반응."

고개를 휙 돌린 차수정이 중얼거렸다.

"이렇게 쉬어본 게 얼마 만인지 모르겠어요."

"나도."

"세연이가 여기 오자고 했다면서요? 고맙다고 말해줘야겠네요."

"하려면 나중에 해. 지금은 한창 바쁜 모양이니."

차수정이 실소를 머금었다.

"그러네요."

이제 적세연은 비상식량을 구명구 삼아 물장구를 치고 있었다. 비상식량은 잔뜩 골이 난 듯했지만 그녀를 떨쳐 내거나 몸부림을 치진 않았다.

그 모습을 바라보던 차수정의 눈빛이 조금 어두워졌다.

"수혁이도 함께 왔다면 좋았을 텐데."

세이크리드 증후군으로 인해 입원 중인 차수정의 동생. 너무나 바빴던 탓에 한동안 잊고 있었다.

"미안해."

"괜찮아요. 선배님이 미안해할 일은 아니잖아요? 불치병을 치료하는 게 그리 쉬운 일도 아닐 테고요."

"어렵지만도 않아. 어디까지나 이론상의 얘기이긴 하지만."

차수정이 고개를 돌렸다.

"정말요?"

"응, 적당량의 이온 에너지만 있으면 돼. 그래서 마수들을 사냥해 코어를 모으려 했던 거고."

하지만 이젠 그럴 필요가 없었다. 코어가 필요하다면 사면 그만이었기에.

더군다나 그 한도는 사실상 없다고 봐도 좋았다. 마음만 먹는다면 한국 내에서 유통되는 코어를 모조리 사들일 수도 있었으니까.

차수정의 눈빛이 흔들렸다.

"선배. 저, 그러면……."

"돌아가는 대로 치료에 들어갈게. 그러면 되겠지?"

차수정이 고개를 끄덕였다. 수영장의 물기와는 다른 물방울이 그녀의 뺨을 타고 흘렀다.

"고마워요, 선배."

"약속한 걸 지키려는 것뿐이야."

"그래도요."

차수정이 고개를 들었다. 촉촉하게 젖은 눈 아래로 도드라진 콧날과 살짝 벌어진 선홍색 입술이 있었다.

"선배."

차수정의 목소리가 미세하게 떨렸다.

"방으로 올라가시겠어요?"

"……."

하마터면 그러자고 대답할 뻔했다.

사실 그렇게 대답하고 싶기도 했다. 하지만 그럴 수가 없었다. 하필 그 시점에 나타난 불청객 때문에.

"얘기 좀 나눕시다."

고급 양복을 갖춰 입은 노년의 신사였다. 김성렬과 비슷한 계통인 듯, 얼굴에는 거물 특유의 단단함과 노회함이 공존하고 있었다.

수영장 한복판에 저런 양복을 입고 온 것을 봐선 고집도 강하고 타인의 시선 또한 의식하지 않는 듯했다. 필시 그럴 만한 힘 또한 갖췄을 테고.

"누구십니까?"

"박태수."

차수정의 두 눈이 휘둥그레졌다. 그 반응으로 보건대 예상대로 상당한 거물인 모양.

그래도 적시운은 여전히 시큰둥했다. 그 태도에 노신사가 말을 이었다.

"태천그룹 회장이오."

적시운이 벌떡 상체를 일으켰다. 반사적으로 흘러나온 살기에 차수정이 긴장했다.

"내가 누군지는 압니까?"

"적시운. 전 대한민국 특무부 소속 2급 사이킥. 타임 슬립 프로젝트의 유일한 생환자. 그리고……."

잠시 침묵하던 박태수가 말을 이었다.

"정권 탈취의 주도자."

적시운은 차갑게 웃었다.

"그게 전부는 아닐 텐데요?"

"물론 그렇소."

박태수 회장의 눈에도 이내 살기가 감돌았다.

"내 늦둥이 아들의 목숨을 앗아간 남자이기도 하지."

차수정은 마른침을 꿀꺽 삼켰다. 그녀 또한 김무원을 통해 대강 무슨 일이 벌어졌었는지는 들은 차. 자칫하면 큰일이 벌어지리란 것쯤은 알 수 있었다.

박태수 회장의 시선이 적세연에게로 향했다.

"저 아가씨인 모양이군. 내 막내아들 대신 백신을 접종받은 사람이."

"만약 그 애한테 무슨 일이라도 저지르려 한다면."

적시운은 차가운 어조로 경고했다.

"당신이 소유한 모든 것을 세상에서 지워 버릴 겁니다. 하나의 예외도 없이."

"단순하기 짝이 없는 협박이로군."

"단순한 대신 확실하죠. 무엇으로도 막을 수 없을 테니까."

두 사람의 시선이 팽팽히 맞섰다.

이상한 분위기임을 느낀 듯 밀리아와 적세연이 고개를 돌렸다.

"……우리 사옥에 풍차를 집어 던졌더군."

짧은 침묵 뒤로 흘러나온 박태수의 목소리는 의외로 차분했다.

"더한 것도 던질 수 있습니다."

"그쯤은 충분히 알고 있으니 굳이 말하지 않아도 되오."

박태수 회장이 나직이 한숨을 쉬었다.

"잠시 따로 대화를 나눌 수 있겠소?"

적시운은 차수정을 돌아봤다.

"세연이 옆에 있어줘. 밀리아랑 헨리에타에게도 얘기 좀 해주고."

"선배……."

"금방 돌아올게."

적시운은 박태수를 따라 수영장 밖으로 나섰다.

엘리베이터를 타고 올라가니 텅 빈 연회장이 나왔다.

"이 또한 진부한 얘기일 테지만 나는 이곳에 싸우자고 온 것이 아니오."

연회장엔 테이블 하나만 덩그러니 놓여 있었다. 그곳에 앉으니 호텔 직원들이 다가와 샴페인과 음식을 내려놓았다.

"그대의 동생을 해칠 생각도 없소."

"그 말, 곧이곧대로 믿을 거라 생각합니까?"

"믿지 못하겠지. 이해하오. 그런 일을 겪고도 경계하지 않는다면 그건 머저리일 테지."

"머저리가 아니라 미안하게 됐군요. 난 그 일을 아직 용서하지 않았습니다."

"그럴 테지. 변명하진 않겠소."

"……이번 신서울 사태에 대해 얼마나 알고 있습니까?"

박태수는 적시운을 똑바로 응시했다.

"상우천. 정태산. 천무맹. 백진율."

"……."

"아마 KP그룹의 권구용 회장도 모두 알고 있을 거요. 그 아들인 권창수는 아니었던 모양이오만."

4개의 단어만으로도 충분했다. 덕분에 기분이 한결 더러워졌다.

"알면서도 그자들의 비위를 맞춰온 겁니까?"

"그렇소. 그들을 무너뜨릴 힘이 없었기 때문이지. 그리고 귀하가 나타났소. 하루아침에 내각을 깨부수고 상우천을 처치해 버린 초대형 변수가."

"……."

"상우천은 지금쯤 살아 있지 않을 테지. 안 그렇소?"

"본론이 뭡니까?"

박태수 회장은 차분한 태도로 말했다.

"권창수에게서 들었겠지만, 현 대한민국의 광역시들은 중앙 정부에 호의적이지 않소. 자급자족할 충분한 여건과 무력을 갖추었기 때문이지. 형식적으로는 정부를 인정하나, 사실상 독립 국가를 세운 것이나 마찬가지요."

"……."

"그중에서도 특히나 부산은 두드러지는 편이지."

"태천그룹이 그 배후에 있다고 들었습니다만."

박태수가 고개를 끄덕였다.

"내가 시장을 설득할 수 있소."

"공짜는 아닐 텐데요. 그 대신에 내게서 바라는 게 뭡니까?"

잠시 침묵하던 박태수가 말했다.

"복수요."

4

적시운은 미간을 살짝 찌푸렸다.

"막내아들의 복수입니까?"

"그렇소."

"내게?"

박태수는 고개를 저었다.

"진정으로 죗값을 치러야 할 이들은 따로 있소."

"위선적으로 들리는 얘긴데요. 정말 그렇게 생각한다면 왜 김 부장님을 고립시키고 내 가족들을 괴롭혔습니까?"

싸늘한 적시운의 지적에 박태수는 표정을 굳혔다.

"그 당시의 난 사리를 분간할 여력이 없었소. 더군다나 진정한 복수의 대상은 나조차 어찌하지 못할 아득한 곳에 있었지. 못나게도 애꿎은 이들에게 분풀이를 하고 말았소."

"분명 변명하진 않겠다고 했던 걸로 기억합니다만."

"……그랬지. 미안하오. 그 일에 대해선 일이 열 개라도 할 말이 없소."

미안하단 말 한마디로 그간의 적개심과 분노가 사라질 리는 없다.

그래도 적시운은 일단 노기를 가라앉히기로 했다. 감정만 발산해선 아무것도 해결될 리 없었기에.

"일단 얘기부터 듣죠. 진정한 복수의 대상이란 누굽니까?"

"천무맹, 그리고 중화당."

예상대로의 대답.

그러나 품고 있는 의미는 결코 작지 않았다.

"막내 아드님도 세연이처럼 구울 인자에 감염됐던 걸로 알고 있습니다만."

"그렇소."

갑작스럽게 신서울 남부에 펼쳐진 차원 게이트.

쏟아져 나온 구울 떼는 미처 손 쓸 새도 없이 민간인 지역을 덮쳤다. 그중에서도 하필 학원가를.

적세연이 다니던 고등학교도 그 안에 포함되어 있었다. 박태수의 막내아들 역시 비슷한 상황이었을 터. 중점은 그 일과 천무맹 간의 상관관계였다.

"그러니까 지금, 게이트가 우연히 열린 게 아니란 뜻입니까?"

"그렇소."

박태수의 음성엔 일말의 흔들림도 없었다.

"증명할 수 있습니까?"

"물증은 부족하오. 하지만 심증은 확고하지. 그리고 그건 무엇보다도 귀하가 잘 알 거라 생각하오만?"

박태수의 시선이 적시운의 얼굴에 고정됐다.

"귀하는 중화당 주도하의 타임 슬립 프로젝트에 자원했소. 그리고 살아 돌아왔지. 자세한 정황이야 귀하만이 알 테지만, 아무 일도 없었다고는 말하지 못할 거요."

"……."

"만약 귀하가 정말로 시간 여행, 혹은 그에 준하는 경험을 한 거라면……."

"했습니다."

적시운의 대답에 박태수의 눈이 이채를 발했다.

"그렇군. 어쨌든 분명한 건 중국 정부에 그 정도의 기술력이 있다는 뜻이오."

"시간 역행이 가능할 정도의 기술력을 지녔다면 차원 게이트를 임의로 여는 것도 가능할 것이다, 그 얘깁니까?"

"그렇소."

박태수 본인의 말마따나 심증뿐인 추측이었다. 하지만 아예 허무맹랑하다고 단정 지을 수만도 없었다.

"물론 믿기 어려운 얘기일 것이오. 그 정도의 과학 기술을 지닌 중국이 왜 적들을 내버려 두고 있는지도 의문이고."

"과학이 아닐 겁니다."

적시운의 대답에 박태수의 눈썹이 움찔했다.

"그건 무슨 말씀이오?"

"차원 게이트 쪽은 모르겠습니다만, 시간 역행은 과학 기술에 의한 게 아니었습니다.”

적시운은 딱 잘라 말했다. 예전엔 긴가민가했었지만 지금은 아니었다.

당시의 신북경 연구소는 구색 맞추기일 뿐. 적시운을 중원으로 보냈던 힘은 과학에 의한 게 아니었다.

‘모종의 술법.’

무공에 문외한이던 당시엔 눈치채지 못했지만 지금은 아니었다.

천마신공을 익힘으로써 확 트인 인식 덕에 알 수 있었다. 시간 역행 당시에 느꼈던 이질감의 정체를.

‘날 돌려보낸 건 소림의 법승들이었지. 생각해 보면 이상한 일이었어. 과학 기술로 만들어진 시간의 문을 그들이 다룰 수 있었다는 게, 그리고 비교적 정확한 시간대로 날 되돌려 보냈다는 것이.’

하지만 만약 그게 처음부터 술법의 일종이었다면 어느 정도는 설명이 됐다.

‘어쩌면 내가 경험한 게 시간 역행이 아니었을지도 모르고.’

[그건 또 무슨 말인가?]

‘과거에 벌어진 일에 약간의 변화만 생겨도 미래의 형태는 눈에 띄게 달라질 수 있어.’

적시운이 설명했다. 천마에게 이야기를 들려줌으로써 스스로도 머릿속을 정리할 생각이었다.

'생각해 봐. 내가 과거로 돌아가지 않았다면 당신이 죽을 일은 아마도 없었겠지. 설령 죽더라도 그 자리가 아닌 다른 곳에서 죽었을 거야.'

[흐음. 뭐, 일단은 그렇다고 해두세. 계속하게.]

'한데 내가 돌아감으로써 과거가 바뀌었어. 대변혁이 일어난 거지. 보통 인간도 아닌 당신의 죽음에 영향이 생긴 거니까.'

[음.]

'한데 내가 돌아온 미래는 거의 변한 게 없었어. 미국이야 그렇다 치고, 한국과 내 가족들조차도.'

[중원과 해동이 동떨어져 있기에 그런 것은 아니고?]

'중국 정도의 나라에서 생겨난 변화라면 어떤 식으로든 한국에 영향을 끼칠 수밖에 없어. 과거의 일이라면 더더욱.'

설명해 나가며 머릿속이 한결 명료해지는 기분이었다. 적시운은 단정 짓다시피 말을 이었다.

'따라서 다음과 같은 결론이 도출될 수 있겠지. 내가 경험한 건 시간 역행이 아닌 차원 이동이다. 그렇기에 내가 당신을 죽임으로써 생겨난 변화가 이쪽 세계엔 아무런 영향도 미치지 못했다.'

[허……?]

'다원우주론에 대해 알아?'

[영웅은 공부 따위 안 한다네.]

천마가 딱 잘라 말했다.

[설명할 필요 없으니 얘기나 계속해 보게.]

'응. 내 가설은 이래. 이쪽에 남아 있는 천무맹 무리가 술법을 통해 다른 차원의 중원과 이어지는 통로를 만들었다. 나는 그것을 통해 이차원의 중원에 다녀왔다.'

[한데 그쪽 소림 땡초들은 그 사정을 어찌 알고 자넬 이곳으로 돌려보냈단 말인가?]

'몰랐을 거야. 그들이 한 건 차원의 통로를 유지하는 것뿐이었으니까. 아무것도 모른 채 술법만 유지시키는 거라면 얼마든지 할 수 있었겠지.'

적시운이 설명을 이어갔다.

'10년의 시간 차이는 두 차원의 시간 흐름상의 차이로 생겨난 거라 보면 되겠지. 혹은 차원 이동의 여파라거나. 신북경이 아닌 북미 대륙에 떨어진 건 지구의 자전으로 인한 위치 변화일지도 모르지.'

[자전은 또 뭔가?]

'이 땅, 지구가 스스로 회전하는 것.'

천마가 머리를 한 대 얻어맞은 표정을 지었다.

[땅이 빙글빙글 돈다고?]

'그래, 그리고 태양 주위를 1년 주기로 돌아.'

짤막히 대꾸한 적시운이 덧붙였다.

'이건 어디까지나 가설일 뿐이야. 공전으로 인한 궤도 변화까지 감안하면 내가 우주 공간에 떨어졌어야 할 테니.'

[……?]

'중요한 건 내가 시간 역행이 아닌 차원 이동을 했을 가능성이 높다는 거야.'

[으음.]

천마가 떨떠름한 침음을 흘렸다. 보아하니 적시운의 말을 반도 채 이해하지 못한 듯했다.

적시운은 개의치 않았다. 애초부터 천마를 위해 설명한 게 아니라, 설명을 통해 머릿속을 정리해 보려던 것이었으니.

[그렇다면 말일세.]

천마가 돌연 말했다.

[놈들이 왜 그런 짓을 했을 것 같나?]

적시운은 주춤했다.

사실 따져 보자면 가장 중요한 쟁점은 그것이었다.

왜?

왜 중화당은 타임 슬립 프로젝트란 미명 아래 그런 일을 획책했는가?

'그리고 하나 더 따지자면……'

마수들의 등장 및 차원 게이트와는 어떠한 관계가 있는가?

아마 그 두 가지가 요점일 터였다.

'아직은 알 수 없지만.'

적시운은 대답했다.

'놈들에게 직접 묻는다면 답을 알 수 있겠지. 최소한 맹주인 백진율은 알고 있을 거야.'

[흠, 하긴 어차피 다 박살 내봐야 할 놈들이니 검사검사 알아내면 되겠군.]

'괜찮겠어?'

[뭐가 말인가?]

'내 추측대로라면 놈들은 당신을 죽인 무림맹 일당의 후예가 아닐지도 몰라. 설령 놈들을 쓸어버린다고 해도 당신 세계의 무림맹에 복수하는 건 아니게 될 거야.'

[뭐 어쩌겠나? 게다가 중요한 건 그게 아닐세.]

'그럼?'

천마는 사납게 웃었다.

[무림맹 놈들이 엿 같다는 것이지. 여기든 거기든.]

적시운은 픽 웃고 말았다.

그 모습을 물끄러미 바라보던 박태수가 말했다.

"생각은 끝마치셨소?"

"아, 예. 대충은."

적시운은 헛기침을 했다.

"저 또한 물증은 없고 심증뿐입니다만, 시간 역행은 모종의 술법을 통해 실시됐습니다."

"술법이라면, 주술이나 마법 같은 것 말이오?"

"예, 그리고 아마도 시간 역행이 아니었을 겁니다."

"하면……?"

"아마도 저는 그때 차원 게이트를 넘어갔었던 것 같습니다."

박태수의 눈빛이 미세하게 흔들렸다.

"정말이오?"

"예."

"그렇다면…… 신서울에 게이트를 연 것이 놈들일 가능성이 높아지는군."

"그럴 만한 동기가 있다고 보십니까?"

"동기는 충분하오. 당시를 기점으로 UN 내 중국 정부의 입지가 확고해졌으니. 무엇보다도……."

내내 냉정을 유지하던 박태수의 얼굴에 처음으로 감정이 드러났다.

순수한 분노였다.

"우연찮게 입수한 놈들의 기밀 자료에서 차원 게이트와 관련된 실험의 흔적을 발견할 수 있었소."

"……."

"우리 연구팀의 능력으론 자세한 정황을 파악할 수 없었으나, 귀하의 얘길 들으니 그럴 만도 했다는 생각이 드는구려. 주술적인 힘을 과학의 관점으로 파헤칠 수야 없었을 테니."

박태수는 이를 악물었다.

"놈들이, 놈들이 우리 상현이를……."

박태수는 잔뜩 일그러진 얼굴을 숙인 채 숨을 골랐다. 적시운은 그가 진정하도록 가만히 기다려 주었다.

잠시 후 다시 고개를 든 박태수의 얼굴은 진정되어 있었다.

"못 볼 꼴을 보였군. 사과하리다."

"아뇨, 제가 회장님 입장이었어도 그랬을 겁니다."

"어쨌든…… 내 제안은 간단하오. 천무맹을 철저히 부숴 주시오. 그래 줄 수만 있다면 전력으로 협력하리다."

"부술 겁니다."

적시운은 딱 잘라 말했다.

"놈들과 관련된 그 무엇도 남아나지 않도록. 다시는 그 무리가 천무의 이름을 참칭하지 않도록."

천무의 이름이란 게 뭔지 박태수는 알지 못했다. 하지만 적시운이 내비치는 강렬한 적의만큼은 잘 이해할 수 있었다.

"천무맹과 싸운다는 건 중국과 싸운다는 것이지. 싸워 이

기려면 이 나라가 하나로 뭉쳐야 할 거요."

"새 대통령 아래에서 말이죠."

"만약 귀하가 선거에 나선다면……."

"절대 안 나갈 겁니다."

적시운의 단언에 박태수는 고개를 끄덕였다.

"알겠소. 누가 됐든 우리 태천그룹은 그를 지지할 것이오."

"아시다시피 저는 KP그룹의 권창수와 손을 잡은 입장입니다만."

"그건 문제 될 게 없을 거요. 예전이라면 모를까 지금은 KP그룹과 사업 계통이 완전히 벌어졌으니."

KP그룹이 주로 통신 및 소프트웨어 계열의 왕자라면 태천그룹은 건설 및 생산 계열을 휘어잡고 있었다.

"권구용 회장에게도 내가 직접 말하리다."

"그렇게 말씀하신다면 알겠습니다."

두 사람은 자리에서 일어나 악수를 나누었다.

"여동생과 가족들 일은 정말 미안하게 됐소. 부디 용서해 주었으면 하오."

적시운은 고개를 끄덕였다. 아직 악감정이 완전히 해소되진 않았다. 그래도 박태수의 입장을 아예 이해할 수 없는 것도 아니었다.

만약 적시운이 그 같은 입장이었다면…….

'결코 그 정도로 끝나지는 않았을 테니.'

5

적시운은 며칠 더 호텔에 묵기로 했다. 흔치 않을 여유를 좀 더 만끽하고 싶었기 때문이다.

가족들과 이런 시간을 갖는 게 10년 만에 처음이기도 했고.

"이거, 어울려?"

"응."

"쳐다보지도 않고 있잖아, 오빠."

"안 봐도 알 수 있으니까."

"그런 게 어디 있어? 두 눈으로 제대로 보고 나서 말해줘."

적시운은 고개를 돌렸다. 베이지색 블라우스를 입은 적세연이 몸을 좌우로 돌려 보고 있었다. 기감을 통해 이미 확인했지만 구태여 설명하진 않았다. 사실 기감만으로는 색채나 명암은 알 수 없기도 했고.

적시운은 여동생을 위아래로 훑고서 말했다.

"예쁘네, 옷이."

"피, 좀 정직하게 말하면 어디 덧나나?"

"정직하게 말해줘?"

"응!"

적시운은 그러기로 했다.

"스물여덟이나 먹은 아가씨가 입기엔 디자인이 좀 유아적
인……."

"오빠!"

적세연이 옷 뭉치를 던지려는 시늉을 했다. 적시운은 실소
를 지으며 뒤로 물러났다.

"농담이고, 잘 어울려."

"정말이지?"

"아니라고 하면 때릴 거잖아?"

적세연이 눈을 흘겼다. 적시운은 급히 말을 덧붙였다.

"지금까진 다 농담이었고, 정말로 잘 어울려."

"정말로?"

"응, 한 치의 거짓도 없이."

"그렇지? 역시 옷걸이가 되니까 뭐든 잘 어울리는 것 같아."

그제야 기분이 풀린 적세연이 콧노래를 부르며 다른 옷을
살펴보러 갔다.

적시운이 빙그레 웃고 있자니 천마가 심각한 태도로 중얼
거렸다.

[저럴 거면 대체 왜 질문을 하는 건가?]

'글쎄.'

어깨를 으쓱이는 적시운의 뒤로 누군가 다가왔다.

"시운아, 여기."

적수린이 플래티넘 블랙 카드를 내밀었다.

카드를 받아 든 적시운이 물었다.

"뭐 좀 샀어?"

"응, 읽을 책 몇 권이랑 엄마한테 드릴 영양제랑……."

들고 있는 바구니만 봐도 얼마 안 된다는 게 느껴졌다.

"누나, 그러지 말고 마음껏 사도 돼."

"딱히 없어. 그리고 네가 어떻게 번 돈인데 함부로 쓸 수 있겠니?"

"어차피 금액 지불은 KP그룹에서 대행할 거야. 한도는 이 백화점을 통째로 사도 남을 정도고."

"그렇다고 해서 함부로 펑펑 쓰고 싶진 않아. 게다가……."

적수린이 시선을 옮겼다. 적세연이 웃가게 점원과 얘기를 나누고 있었다.

"세연이가 저렇게 기뻐하는 모습만으로도 충분한걸."

"누나……."

"사치 부리는 건 쟤한테 맡기렴. 보아하니 잡다한 거 한두 개로 끝날 것 같진 않은데."

적수린의 얼굴에 애틋한 표정이 스쳤다.

"세연이, 네가 떠난 후로도 잔병치레를 자주 했어. 원래도 그리 튼튼한 편은 아니었지만 감염된 이후로 더 쇠약해졌거든."

"……."

"병상에서 보낸 시간만 5년이 넘을 거야. 고등학교는 어찌어찌 졸업했지만 몇 년이나 유급해 버린지라 함께 기뻐할 친구도 없었지."

적수린이 나직이 한숨을 쉬었다.

"너와 마찬가지로 10년이란 세월을 잃어버린 아이야. 조금 어리광을 부리더라도 이해해 줘. 철이 들어야 할 시간을 침대 위에서 보내야 했으니까."

"……응."

언니와 오빠의 시선을 의식했는지 적세연이 쪼르르 달려왔다. 그새 다른 옷으로 갈아입은 뒤였다.

"이건 어때, 오빠?"

이번엔 몸매가 훤히 드러나는 원피스였다.

"잘 어울리네."

"정말? 조금 꽉 끼는 것 같지 않아?"

"적당한 것 같은데, 왜?"

"나 요즘 살찐 것 같단 말이야. 여기 뷔페 음식이 맛있어서 너무 많이 집어 먹은 것 같아."

적시운은 그러려니 하고 가만히 있었다.

그러자 적세연이 의미심장한 눈으로 바라보는 것이었다.

"오빠가 보기엔 어때? 나 조금 살찐 것 같지 않아?"

"글쎄……."

"있는 그대로, 사실대로 얘기해 줘. 응?"

적시운은 물끄러미 여동생을 바라봤다. 확실히 재회했을 때보다는 몸무게가 늘어난 것 같았다. 물론 지금 살쪘다기보단 당시에 너무 메말랐던 것이지만.

기감으로 살펴봐도 무게 증가는 확연했다. 적시운은 살짝 고개를 끄덕이고서 말했다.

"몸무게가 늘기는 했네."

"……!"

적세연이 눈에 띄게 움찔했다. 그러더니 야속하다는 눈으로 적시운을 흘겨봤다.

"너무해."

"아니, 네가……."

"오빠랑은 말 안 할래."

적세연은 그렇게 쏘아붙이고서 달려가 버렸다.

적시운은 그저 멍하니 서 있었다.

[아니, 대체 뭐가 문제인 건가? 지켜보는 본좌가 다 울화통이 터지는군!]

"바보야, 그럴 땐 거짓말로라도 안 졌다고 해야 하는 거야."

적수린이 동생의 머리를 톡 치며 핀잔을 주었다. 적시운은 끙 하고 한숨을 쉬었다.

"대충 그러려 했는데 사실대로, 있는 그대로 얘기해 달라잖아."

"말을 액면 그대로 받아들이면 안 되지. 사실대로 얘기해 달라는 건, 그럼에도 불구하고 거짓말을 해달라는 뜻이야."

[이게 뭔 개 풀 뜯어 먹는 소리인가?]

투덜거리는 천마.

적시운도 이해가 가지 않아 미간을 찌푸렸다. 적수린도 논리적으로 설명하기를 포기하고서 동생의 어깨에 손을 얹었다.

"그냥 그렇다고만 알아둬. 나중에 그 아가씨들한테 말실수하지 않게끔."

"말실수라니?"

"괜히 말해달라는 대로 말했다가 미운털 박히지나 말란 뜻이야."

"누구한테?"

"수정이? 아니면 헨리에타? 어느 쪽이든."

적시운이 미간을 찌푸리자 적수린이 키득 웃었다.

"참견은 하지 않을게. 잘해봐."

"……."

쇼핑 후엔 식당가로 이동해 가족끼리 저녁을 먹었다.

누구의 방해도 받고 싶지 않았기에 적시운은 아예 식당 하나를 통째로 대절했다.

메뉴는 읽기도 버거운 프랑스식 코스 요리였다.

임하영과 적수린은 조금 부담스러워하는 눈치였지만 애피타이저를 입에 넣자마자 표정이 바뀌었다.

"비싼 값을 하는구나."

"그러게요."

"이거, 꼭 포크랑 나이프만 써야 하는 건 아니죠?"

"좀 쓰기가 불편하구나. 젓가락 좀 달라고 할 테니 기다리렴."

네 식구는 남의 눈치 볼 것 없이 음식들을 음미했다. 종업원들이 있긴 했지만 꽤나 훈련을 잘 받은 듯 표정을 관리해 가며 서비스에만 열중했다.

덕분에 오랜만의 외식을 기분 좋게 끝마칠 수 있었다.

이튿날, 적시운은 차수정을 데리고서 병원으로 향했다. 그녀의 남동생, 차수혁을 치료하기 위해서였다.

"세이크리드 증후군의 발병 원인은 간단명료해. 그렇기에 치료 방법도 의외로 단순하지. 그걸 현실화하기 어렵다는 게 문제일 뿐."

이능력자는 크게 두 부류.

태어나면서부터 능력을 지닌 선천적 이능력자와 특정 시점에 각성하는 후천적 이능력자가 있었다.

세이크리드 증후군은 이 중 후자에게 나타나는 것.

갑작스럽게 생겨난 힘을 육체가 견뎌내지 못함으로써 생기는 질환이었다. 면역 체계 약화, 근골의 약화, 그로부터 파생되는 합병증······.

'어디서 많이 봤다고 생각하지 않아?'

[선천진기가 바닥났을 때의 증상과 비슷하군.]

천마의 대답에 적시운은 고개를 끄덕였다.

'치료법은 단순해. 능력을 버텨낼 만한 몸 상태를 만들어 주면 그만이야.'

하지만 단순하다고 해서 쉬운 일은 아니었다. 육체가 현재 진행형으로 붕괴를 겪고 있기 때문이었다.

적합한 영양분을 공급하더라도 육체에는 이미 그것을 받아들이고 흡수할 여력이 없다. 그렇기에 애써 주입된 영양분이 조금도 효과를 보지 못하는 것이다.

합병증 발병을 막기 위한 항생제 주입도 문제였다. 항생제로 인해 육체의 기력이 약화되고, 그로 인해 영양소가 파괴되는 악순환이 계속되는 것이었다.

[결국 큼직한 한 방이 필요하다는 거군. 천년삼이나 대환단 같은.]

'응, 다만 이 경우엔 이능력 각성으로 인해 생겨난 질환이니…….'

적시운은 고개를 돌렸다.

"대량의 코어가 필요한 거지."

병실 한편엔 A랭크 코어가 가득 든 박스가 하나 놓여 있었다. 일반 거래처 및 암시장과 모조리 접촉하여 구매한 것들이었다.

결제는 물론 플래티넘 블랙 카드로 했다. 족히 수백억의 거금이 소모됐지만 적시운은 개의치 않았다.

자신과 손잡음으로써 KP그룹이 얻게 될 이득은 수천 억 이상일 터. 미안해할 이유는 없었다.

동생의 손을 잡고 있는 차수정의 표정은 복잡했다. 애틋한 마음에 더하여 부담감과 미안함이 섞여 있는 얼굴.

한참 동생을 응시하던 그녀가 적시운을 돌아봤다.

"부탁해요, 선배님."

적시운은 고개를 끄덕였다.

"바로 시작할게."

"네."

차수정이 뒤로 물러났다. 적시운은 코어 박스를 들고서 침대로 다가섰다. 그리고 차수혁의 흉부에 손을 얹었다.

방식은 간단했다. 코어 에너지를 모조리 뽑아내어 진기의 형태로 변환, 차수혁의 몸에 주입한다. 그 후 주입된 에너지를 바탕으로 망가진 육체를 재구성한다.

[이를테면 일종의 환골탈태로군.]

'그래, 실제 환골탈태만큼 고차원적인 변형은 없겠지만.'

본래의 육체를 재구축, 이상적인 형태로 빚어내는 것이 환골탈태. 반면 이것은 원래의 육체만 재구성하는 것에 지나지 않았다.

우우우웅.

박스 안의 코어들이 공명하기 시작했다.

코어에서 흘러나온 희미한 기운이 적시운의 손에 맺혔다. 그리고 차수혁의 몸으로 흘러들어 갔다.

치료에는 1시간가량이 소모됐다.

차수정은 실시간으로 회복되어 가는 동생의 모습을 눈물

이 그렁그렁한 눈으로 바라보았다.

야위고 창백한 몸에 혈색이 돌아왔다. 쌕쌕거리던 호흡도 어느 순간부터 안정되었다. 하얗게 새어가던 머리카락에 윤기와 색이 돌아오고 머리숱 또한 눈에 띄게 늘어났다.

죽음의 문턱에 아슬아슬하게 걸려 있던 그녀의 동생은 이제 편안히 잠든 모습으로 누워 있었다.

"조만간 정신을 차릴 거야. 어느 정도 더 요양하고 나면 자리를 털고 일어날 수도 있을 테고."

대답은 없었다. 그녀가 소리 없이 흐느끼고 있다는 걸 알았기에 적시운은 말없이 기다려 주었다.

끅끅거리던 소리가 차츰 잦아지고도 조금 뒤. 차수정의 갈라진 음성이 들려왔다.

"고마워요. 정말 고마워요, 선배님."

"약속은 약속이니까. 너도 내 가족들을 지켜주었잖아."

"그래도……."

"내게 마음의 빚을 느낀다면 앞으로 잘하면 돼. 너한테도 이것저것 시킬 게 많아질 것 같으니까."

차수정이 눈가를 훔치며 고개를 끄덕였다.

"네."

그녀는 침대로 다가가 조심스럽게 동생을 어루만졌다. 죽은 듯 반응이 없던 예전과 달리 차수혁이 미약한 신음을 흘렸다.

차수정의 뺨 위로 뜨거운 눈물이 다시 흘러내렸다.

적시운은 남매만의 시간을 주고자 조용히 병실을 빠져나
왔다.

"그럼 이제 남은 일은……."

우선 과제라 할 만한 것은 두 가지. 길드 재편과 각 지하
도시의 포섭이었다.

그중 포섭 건은 권창수나 박태수와 손발을 맞춰 찬찬히 해
나갈 일. 그렇다면 남는 건 길드 문제였다.

사실 길드 재편이라는 표현도 적합하지 않았다. 애초에 데
몬 오더는 길드로서 기능한 적이 없었으니까.

창설하자마자 아라크네 사태가 터졌고, 흑룡방의 습격이
이어졌다. 그렇다 보니 지금부터 하는 일이 곧 길드 마스터
로서의 첫 행보나 다름없었다.

'그렇다면 우선은…….'

[이름부터 바꿔야지 않겠나? 응?]

또다시 재촉하기 시작하는 천마. 적시운은 나직이 한숨을
쉬었다.

'일단 다른 녀석들 의견도 들어보고.'

제36장
부산행

1

바다는 마수들의 영역.

이는 비교적 마수들의 준동이 뜸해진 지난 10년 동안에도 변하지 않은 사실이었다. 해양의 마수들은 평균적으로 육지의 마수보다 강력하다.

뿐만 아니라 드넓은 해역을 기반으로 한 개체 수도 어마어마하다. 뭍에서의 활동 범위가 좁다는 것이 그나마 다행.

이를 뒤집어 말하자면, 바다와 가까운 해안은 무사할 수가 없다는 의미이기도 했다.

자연히 해안가의 도시는 차례차례 사라져 갔다.

포항처럼 전쟁 초기의 공습으로 인해 멸망한 곳이 대다수. 그나마 살아남은 인천 같은 도시도 인구 이탈로 인해 유령도시가 되었다.

그런 점에서 봤을 때 부산은 매우 특별한 도시라 할 수 있었다.

액면만 봐도 현존하는 유일한 항구도시가 부산이었다. 선박이 아닌 전쟁 병기들로 가득 채워지긴 했지만, 일단은 항만이 온전히 남아 있기까지 했다.

이를 가능케 한 것은 막대한 군사력, 그리고 헌터들의 숫자였다.

"부산의 마수 사냥 시장은 동아시아 최대예요. 우리나라뿐 아니라 중국과 일본, 심지어는 유럽에서까지 몰려온 헌터들로 북새통을 이루고 있어요."

헨리에타가 손을 들었다.

"헌터들의 숫자는 어느 정도죠?"

"재작년 통계로는 5만 명이 넘었어요. 그때도 증가 추세였으니 지금은 더 많다고 봐야 할 거예요."

"헐."

밀리아가 묘한 감탄사를 뱉었다.

길드 데몬 오더의 아지트.

일행은 반파된 본관 대신 별관 강당에 모여 있었다. 단상에는 차수정이 서 있었고, 벽면에는 부산과 관련된 각종 통계와 자료들이 투영되는 중이었다.

계단식으로 놓인 의자의 맨 앞줄엔 헨리에타, 그렉, 아티샤, 밀리아의 외국인 4인방이 주르르 앉아 있었다.

"여기 신서울 인구가 50만이라 했으니, 그 10퍼센트인 셈이네?"

"네, 참고로 부산의 인구는 100만이 넘어요."

"수도보다도 많단 말이야?"

"신서울은 철저히 계획된 지하 도시라서 일정량 이상의 인구를 수용할 수가 없어요. 반면 부산은 지상 도시라 인구수의 제약에서 비교적 자유로워요."

"아하."

"확실히 특별한 도시로군. 한데……."

팔짱을 낀 채 앉아 있던 그렉이 말했다.

"저곳은 천무맹이란 집단에 의해 오염되지 않은 건가?"

"그건 아직 알 수 없어요. 사실 선배님도 그 부분을 가장 염려하고 계시고요."

신서울과 정부 내각은 천무맹의 꼭두각시였다.

그렇다면 국내 제2의 도시이자, 어떤 면에선 신서울마저 뛰어넘는 영향력을 지닌 부산에도 천무맹의 영향력이 뿌리내렸을 가능성은 결코 적지 않았다.

밀리아가 좀이 쑤시는지 엉덩이를 들썩였다.

"그러니까 우리가 가서 그 망할 놈들을 때려잡으면 되는 거잖아?"

"그렇게 말처럼 쉬운 일이 아니에요, 밀리아 님."

아티샤가 평소답지 않게 정색한 얼굴로 말했다.

"흑룡방 살수들을 기준으로 잡았을 때, 그들 개개인의 전투력은 우리와 필적하거나 그 이상이에요. 간부급은 당연히 더 강할 테고요."

"다시 말해 지금 상태로 싸워봤자 우리는 짐덩이밖에 되지 않을 거란 뜻이다."

그렉까지 거들자 밀리아가 미간을 구겼다.

"쳇."

"뭐, 적시운에게도 나름대로의 생각이 있을 테지만."

"그렉 님 말씀대로예요. 어쨌든 부산에 대해 알려드리는 건 여러분이 숙지하실 필요가 있다고 판단했기 때문이에요. 아마도 선배님의 다음 행선지는 그곳이 될 듯하니까요."

차수정의 설명에 모두가 고개를 끄덕였다.

"응, 알겠어. 근데 동생은 좀 어때, 부길마?"

"브리핑 중엔 사적인 얘기는 자제해 주세요, 밀리아 씨."

"에이, 금방 대답할 수 있는 질문이잖아. 그리고 브리핑이라고 해봤자 우리 다섯뿐인걸."

그렉이 모두에게 다 들리게끔 한숨을 쉬었다.

"사실상 너는 생각이란 게 없으니 넷뿐이라 봐야겠지만."

"뭐야?"

"그만해, 둘 다."

헨리에타의 한마디에 두 사람이 입을 다물었다.

차수정의 입가에 희미한 실소가 스쳤다.

"수혁이는 순조롭게 회복 중이에요. 어쨌든 다음 안건으로 넘어가도 될까요?"

"다음 안건?"

"네. 음, 선배님이 여러분의 의견도 물어보라고 하셨기 때문에……."

말끝을 흐리는 차수정. 평소의 똑 부러진 태도에서 조금 벗어난 모습이었다.

아티샤가 부드러운 어조로 물었다.

"무슨 일인데 그러시나요, 수정 님?"

"아무래도 선배님께서 길드명을 변경하실 생각인 것 같아요. 음, 그런데……."

"새 이름으로 생각 중인 게 뭔데?"

차수정의 얼굴에 홍조가 떠올랐다.

"천마신교…… 래요."

"……?"

네 사람이 멍한 표정을 지었다. 아무것도 이해하지 못했기 때문이었다.

그들 넷은 실시간 통역 아티팩트를 사용해 한국인들과 의사소통을 하고 있었다. 그와 별개로 기초적인 한국어 공부를 하고는 있었지만 아직은 시원찮은 수준. 이러한 기계장치의 특성상 완벽한 번역은 이루어지기 어려웠다.

특히나 인명이나 지명 같은 고유명사는 더더욱.

천마신교 같은 단어 또한 마찬가지.

이름을 듣고서 대략적인 뜻을 유추할 수라도 있는 한국인들과 달리 외국인인 이들은 아무것도 이해할 수가 없었다.

밀리아가 뚱한 얼굴로 물었다.

"천마신교가 뭔데?"

"데몬 오더를 한자로 풀어낸 이름이에요. 발음 자체는 한국식이지만요."

"한자라면 중국 알파벳?"

"네."

그제야 네 사람 모두 이해했다는 표정을 지었다.

"뭐, 상관없지 않아? 어차피 같은 뜻이라면 뭐라 불리든 괜찮겠지."

"동감이에요."

"음."

우호적인 네 사람의 반응에 차수정은 쓴웃음을 지었다.

눈치 빠른 헨리에타가 말을 붙였다.

"수정 씨는 그 이름이 별로 마음에 들지 않나 보군요."

"마음에 안 든다기보다는…… 조금 어색해서요."

"어색하다고요?"

"네, 신교라는 표현은 길드보다는 사이비 종교 같은 집단에 붙는 거거든요."

"종교?"

네 사람이 멀뚱멀뚱 서로를 돌아봤다. 황제 치하에서 모든 신앙이 소멸해 버린 북미 제국인다운 반응이었다.

아티샤가 말했다.

"그래도 시운 님께서 마음에 들어 하신다면 따라야 하지 않겠어요?"

"그것도 좀 애매해요. 저한테 이걸 시키긴 하셨는데, 표정이나 말투는 내키지 않는 눈치였거든요."

"그래요?"

"어쨌든 난 찬성!"

밀리아가 손을 들며 소리쳤다. 그러자마자 그렉이 운을 뗐다.

"난 반대."

"뭐야? 이런 줏대 없는 팔랑귀 같으니……."

"저도 반대하겠어요."

"나도."

아티샤와 헨리에타마저 마음을 바꾸자 밀리아가 짐짓 충격받은 표정을 지었다.

"배, 배신자들……."

"바보. 배신은 무슨 배신이야? 수정 씨 말대로면 적시운도 새 이름을 별로 내키지 않아 하는 것 같은데."

"내키지 않는데 왜 물어봐?"

"내키지 않으니까 굳이 물어본 거 아니겠어? 정말 쏙 마음에 들었다면 자기 멋대로 바꿔 버렸겠지."

밀리아는 여전히 이해하지 못하겠다는 표정이었다.

"본인이 떠올린 이름인데 바꾸기엔 내키지 않아서 구태여 우리한테 물어봤다고?"

"뭔가 사정이 있겠지. 생각하고 보니 긴가민가했던 것일 수도 있고, 아니면 세연이가 멋대로 지은 이름일지도 모르지."

"그럴지도 모르겠네요."

차수정이 헨리에타의 말에 맞장구쳤다. 보아하니 은근히 안도하는 기색이었다.

"1 대 4로 반대가 더 많이 나왔네요. 선배님한테 전해드려야겠어요."

"반대가 더 많다네. 부결. 길드명은 그대로 데몬 오더로 가야겠어."

[본좌는 인정할 수 없네.]

천마의 반응 앞에 적시운은 쓴웃음을 지었다. 인정 못 하면 어쩔 거냐고 쏘아붙일 수도 있을 테지만 그러진 않았다. 그렇게 차갑게 대하기엔 천마와도 꽤나 정이 들어버렸기에.

"애들이 싫다는데 어쩌겠어. 게다가 기존의 이름만으로도 충분히 마교의 후신이란 게 어필 가능해."

[……]

"대신에 약속할게. 천무맹 놈들 앞에선 저번처럼 내가 당신의 후계자란 걸 확실히 밝히겠다고."

[……알겠네.]

나직이 한숨을 내쉬는 천마였다.

정권이 바뀐 날로부터 1주일이 지났다. 권창수는 생각보다도 훌륭히 시국을 진정시켰고 우려했던 군사적 충돌도 일어나지 않았다.

임시 국방장관에 오른 김성렬의 설득을 통해 수도권의 3개 사단이 신정부의 제어 아래로 들어왔다.

주식 시장 및 재계에 미친 파장도 생각보다 작았다. KP그룹과 태천그룹, 두 공룡의 주도하에 정재계는 두 손 들어 신 정부를 환영했다.

길드의 재정비는 헨리에타와 차수정에게 맡겼다.

두 사람이 길드 마스터의 잡무를 대행하는 동안 적시운은 집에서 시간을 보냈다.

그렇다고 단순히 퍼질러져 있기만 한 것은 아니었다.

적시운이 몰두한 것은 한 가지.

길드원, 혹은 사병들에게 가르치기에 적합한 무공 체계의 확립이었다.

기존의 방식은 그야말로 맞춤형이었다.

상대방의 체질을 확인하고 그에 맞는 심공을 전수한다.

적시운의 내공으로써 반강제적으로 기혈을 뚫고 무공을 심는 방식은, 효과가 빠르면서도 확실했다.

하지만 이건 어디까지나 소수를 상대로나 할 수 있는 일.

수십, 수백이 될지 모르는 부하들의 체질을 일일이 확인해 그에 맞는 무공을 전수하는 것은 다른 차원의 얘기였다.

일일이 매달릴 만큼 여유가 넘치는 것도 아니었고, 역시 이래저래 성가신 것도 사실.

"그러느니 통합형 무공을 하나 만들어서 알아서들 익히게 하는 편이 낫겠지."

[흠. 뭐, 잡졸들 키우기엔 나쁘지 않은 방법 같긴 하군. 하지만

고수를 길러내기엔 어려울 걸세.]

"애초에 길드원들 대부분이 성인인데, 걔들이 죄다 단기간에 고수가 되길 바란다면 그건 놀부 심보지."

[놀부는 또 뭔가?]

"그런 게 있어."

적시운의 목표는 하나. 빠르게 익힐 수 있으며 전수하기에도 간단한 무공이었다.

[예컨대 삼재검이나 육합권 같은 것 말이지?]

"응, 그보다는 약간 성취도 높으면 충분해."

천무맹 무사들은 긴 세월 동안 수련을 거친 입장.

반면 이쪽은 지금부터 시작한다고 해도 끽해야 수개월이었다. 그런데도 무공 수위가 동률을 이룬다는 건 언감생심 꿈도 못 꿀 일.

"최소한의 자기방어만 할 수 있으면 충분해. 공격이야 이능력이나 병기를 가지고 하면 될 일이고."

빠르게 익힐 수 있는 극도로 방어적인 무공. 더불어 회피에 최적화되어 있다면 금상첨화였다.

이것이야말로 적시운이 고민하고 있는 부분이었다.

[방어 하면 소림이지. 그 망할 땡초 놈들이 막고 피하고 튀는 것만큼은 일품이거든.]

이미 천마에게선 몇 가지 무공의 정보를 건네받은 뒤. 남은 것은 그것들을 어떻게 조합하느냐는 것이었다.

끼이익.

방문이 열리고 적세연이 빼꼼 고개를 내밀었다. 그녀의 얼굴 아래로 품에 들린 비상식량이 혀를 빼물고 있었다.

"오빠, 수린 언니가 아이스크림 사 왔어."

"먼저 먹고 있어. 조금 있다 나갈 테니."

"그러지 말고 지금 나와. 오늘 하루 종일 방콕하고 있었잖아."

적시운은 더 거절하지 못하고 피식 웃었다.

"알았다, 알았어."

"얼른 가자. 언니가 오빠 좋아하는 맛으로 특별히 골라 왔대."

"무슨 맛인데?"

"초코, 딸기, 애플민트."

"……다 네가 좋아하는 거잖아."

"들켜 버렸네?"

적세연이 혀를 쏙 내밀고는 고개를 뺐다. 적시운이 피식 웃는 가운데 천마가 고개를 휘휘 저었다.

[천마의 위업이 땅에 떨어지는구먼.]

2

무공 체계 확립은 며칠 지나지 않아 완료되었다. 획기적이고 기상천외한 무공을 창조하는 것보단 기존의 것들을 적당히 모방하는 쪽에서 타협을 본 까닭이었다.

'어차피 이건 시작일 뿐이니, 요령이 생긴다면 더 나은 무공을 만들어낼 수도 있겠지.'

[흠, 욕심부리지 않고 차근차근히 나아가겠다는 거군. 나쁘지 않은 생각이네.]

우선적으로 심법과 보법, 신법과 권법을 정립시켰다.

천마가 추천한 소림의 무공을 기반으로 잡고 약간씩의 개량을 가했다.

양에 대해 잘 아는 건 양치기 아니면 늑대라던가?

그런 관점에서 보자면 천마는 완벽한 늑대였다.

적대 세력인 소림의 무공을 속속들이 꿰고 있음은 물론, 각 무공의 약점과 강점뿐 아니라 특이점까지도 치밀하게 파악해 두었다.

그런 덕에 개량 과정도 대체로 수월했다.

더불어 적시운은 새삼 천마에 대한 경외감을 느꼈다.

천마는 단순히 강하기만 한 게 아니었다. 무림일존에 어울리는 지식과 안목은 물론, 노력하는 열성까지 지니고 있었다.

물론 그 모든 요인의 기저에는 처절한 집념이 깔려 있으리라.

천무맹의 전신, 무림맹을 향한 적의와 복수심.

그 감정을 엿보게 되었을 때 적시운은 약간의 전율마저 느꼈다.

'억울하지 않았어?'

[음?]

'그렇게나 최선을 다해 살아왔고 악착같이 싸워왔는데, 어디서 떨어졌는지도 모를 나 같은 놈에게 죽었다는 게.'

천마는 넌지시 웃었다.

[이제 와서 죄책감이라도 느끼는 건가?]

'죄책감…… 이라기보다는 찝찝하다는 게 정확하겠지. 그냥 좀 씁쓸해졌어.'

[그 일이 그렇게나 마음에 걸리면 본좌에게 육체를 넘기게나.]

'……'

[농담일세. 어쨌든 괘념치는 말게. 사실 억울하고 자시고 할 것도 없었거든. 자네는 본좌에게 있어서도 일종의…….]

'보험이었다고?'

[음, 그렇다네. 전에도 말했다시피 남궁원에게서 들었던 얘기도 있었으니 말이야.]

천마의 어조가 돌연 진지해졌다.

[자네가 본좌에게 마음을 빚을 진 것 같다면, 언젠가 선언했던 대로 천무맹을 철저히 부숴주게나.]

정파와 마교의 싸움은 단순한 선악의 대결이 아니었다. 그

이면엔 한족과 소수민족, 중화와 이에 맞서는 자들의 격돌이 존재했다.

[본좌가 보건대 그 싸움은 아직 끝나지 않았네.]

"알고 있어. 그리고……."

적시운은 말했다.

"내 손으로 그 싸움의 끝을 맺을 거야."

"저, 그러니까……."

백현준은 난감함 가득한 표정으로 말했다.

"제게 무공을 전수해 주시겠다는 말씀입니까?"

"그래, 무공이 뭔지는 알고 있을 테지?"

백현준이 떨떠름하게 고개를 끄덕였다.

"그쪽 소설을 몇 권 읽어보기는 했습니다."

"그럼 이해하기도 쉽겠네."

"저, 죄송하지만 한 가지만 여쭤봐도 되겠습니까?"

"죄송할 거야 없지. 묻고 싶은 게 있으면 바로 물어봐."

백현준은 적시운의 허락을 받고도 한동안 머뭇거렸다.

"어째서 저입니까?"

"왜, 마음에 안 드나?"

"아뇨, 그럴 리가요. 오히려 반대입니다. 그 흑인 아가씨의 실력도 똑똑히 봤고 하니……."

아티샤를 말하는 것일 터. 적시운은 계속 말하라는 의미로 턱짓을 했다.

"그냥 순수하게 궁금해서 그렇습니다. 다른 사람도 아닌, 길드장님과 그리 가까운 사이도 아닌 저를 고르셨다는 게……."

적시운은 물끄러미 백현준을 바라봤다.

"부길마한테 사람을 하나 추려내라고 명령해 뒀지. 육체적으로 밸런스가 잘 잡혔으며 영리하고, 배신하거나 딴생각을 품지 않을 만한 녀석으로."

"차 선배에게요?"

"그래, 차수정에게."

백현준이 멍하니 입을 벌렸다. 그녀가 자신을 이렇게까지 고평가하는 줄은 몰랐던 까닭이다.

적시운이 말을 이었다.

"내 동료들은 이미 다른 무공을 익히는 중이야. 네겐 미안한 얘기지만 차수정에게도 다른 무공을 전수할 거고."

백현준은 그게 왜 미안한 얘기인지 이해하지 못했다.

적시운도 그 사실을 뻔히 알았지만 구구절절 설명하진 않았다.

"너는 교관 역할을 하게 될 거다."

"교관이라고 하셨습니까?"

"그래, 내가 전수한 무공을 길드원들에게 가르치는 교관. 그게 앞으로 네가 할 일이다."

백현준의 입이 쩍 벌어졌다.

"저는 무공에 대해선 아무것도 모릅니다만……?"

"알아, 그래서 지금부터 가르칠 생각이야. 특별히 속성(速成)으로."

"……."

나직이 미소를 짓는 적시운. 왠지 모르게 백현준에겐 그게 악귀의 웃음처럼만 느껴졌다.

심법 전수는 헨리에타 일행에게 했던 것과 같은 식이었다.

기혈을 개통하는 동시에 어느 정도의 내력도 주입시켜 주었다.

교관으로 임명됐기에 받게 된 일종의 혜택이었다. 다른 길드원들이 0에서부터 시작하는 셈이라면, 백현준은 50부터 시작한다고 보면 되었다.

이어서 적시운은 권창수에게 한 가지를 의뢰했다.

-약초라면…… 산삼 같은 것들 말입니까?

"예, 리스트를 보낼 테니 여기에 해당되는 약초들을 최대한 확보해 주십시오."

가장 안정적인 내공 증진 방법은 역시 꾸준한 운기조식.

그러나 적시운도 데몬 오더도 한가한 입장이 아니었다. 죽치고 앉아서 숨만 들이쉬다간 언제나 무공을 펼쳐 볼지 알 수 없는 일. 때문에 수단과 방법을 가리지 않고 내공 증진을 도모하기로 했다.

'가장 좋은 것은 천년삼이나 공청석유, 암사담 같은 영약이겠지만…….'

이 오염된 세계에 그런 게 남아 있을 것 같지는 않았다.

코어에서 에너지를 흡수하는 것 역시 불가능에 가까웠다.

적시운이야 천마신공과 이능력, 양면에서 궁극적인 성취를 이루었기에 가능했던 것일 뿐, 남들로선 꿈도 못 꿀 일이었다.

할 수 없이 적당한 수준의 약초를 배합해 영단과 약재를 만들기로 했다. 대량 생산만 가능하다면 상당한 효과를 볼 수 있을 터였다.

"그다음은……."

적시운은 차수정을 호출했다.

그녀는 한달음에 집으로 찾아왔다. 며칠 만에 만난 것인

만큼 차수정의 얼굴엔 반가움이 가득했다.

"동생은 좀 어때?"

"그저께 무사히 퇴원했어요. 모두 선배님 덕분이에요."

"고맙다는 인사는 그만하면 됐어. 길드는 좀 어때?"

"몇 가지 사소한 점을 제외하면 큰 문제는 없어요."

"사소한 문제?"

"스폰서가 되어주겠다며 달라붙는 기업들, 한마디라도 해 달라며 달려드는 언론들, 대체로 그런 것들이죠."

"아."

적시운은 쓴웃음을 지었다.

"특무부에서 뼈 빠지게 구를 때는 거들떠도 안 보던 작자 들 말이군."

"네, 피땀이 아닌 돈 냄새에 꼬이는 건 여전하더라고요."

"네 선에서 적당히 처리해 줘. 헨리에타나 다른 녀석들은 외국인이니 대응하기 쉽지 않을 거야."

"네, 선배님."

다소곳한 태도로 대답한 차수정이 적시운을 바라봤다. 이런 얘기나 하려고 부른 게 아니란 것을 알고 있기 때문이 었다.

적시운도 곧장 본론으로 들어갔다.

"네게도 무공을 전수하려고 해."

차수정은 고개를 끄덕였다. 안 그래도 무공을 익히고 싶어 은근히 안달이 나 있던 그녀였다.

'조금이라도 더 선배에게 도움이 되고 싶어.'

A랭크 냉기술사. 분명 뛰어난 이능력자이긴 했으나 강적들을 상대로는 부족한 면이 컸다.

흑룡방주 사설륜과의 싸움에서 뼈저리게 느낀 사실.

지금의 전투력만으로는 적시운에게 큰 도움이 될 수 없다는 것이었다.

그렇기에 그녀는 힘을 갈구했다. 그리고 이제 기회가 찾아왔다.

"부탁드려요, 선배님."

적시운은 이번에도 천마에게 조언을 구했다.

'괜찮은 심법이 있겠어?'

[저 처자에게 딱 어울리는 게 하나 있지.]

자신에게 의지한다는 게 내심 기분 좋았는지 천마는 신이 난 기색이었다.

[새외무림(塞外武林)의 무리라 하여 무작정 동지라 할 수야 없겠으나, 북해빙궁만큼은 언제나 본교의 가까운 벗이었네. 그중에서도 칠대 궁주였던 설천녀는 본좌와 운우지정(雲雨之情)을 나누던 사이였지.]

'그녀가 당신한테 자신의 무공이라도 가르쳐 준 모양이네?'

[그럴 리가 있겠나? 무학의 뿌리를 보존하고자 하는 것은 모든 문파의 기본. 어떤 머저리가 자기 무공의 핵심을 순순히 얘기해 주겠나?]

'운우지정이 어쩌고 했잖아?'

[그건 그거고 이건 이거지.]

'그럼 어떻게 알아냈는데?'

[북해궁주의 독문무공인 설하유운공(雪河流雲功)의 구결이 새겨진 보옥을 취했다네.]

'……그쪽에서 대놓고 주진 않았을 것 아냐?'

[자꾸 뻔한 얘기를 하는구먼. 당연히 힘으로 취했지.]

'……'

할 말을 잃은 적시운이 한숨을 내쉬었다.

'잠깐이나마 당신한테 존경심을 품었던 내가 머저리지.'

[말랑한 소리 말게. 강자존의 법도는 냉혹한 것일세. 게다가 그 이후에도 설천녀와 본좌 사이는 언제나 뜨거웠다네.]

'……'

약간의 소요 뒤로 적시운은 차수정에게 설하유운공의 기본 심법을 전수했다. 더불어 그녀의 기혈 또한 다른 이들과 마찬가지로 개통시켜 주었다.

"아……."

단전을 감도는 생경한 기운에 차수정이 탄성을 흘렸다. 다른 이들이라면 후끈한 열기를 느낄 터였으나 그녀의 경우엔 달랐다.

설하유운공의 기운은 갓 녹아내린 초봄의 시냇물처럼 청량하고 시렸다.

그 서늘한 기운이 배 속에 감도는지라, 냉기술사임에도 흠칫 몸을 떠는 차수정이었다.

"이게 내공이라는 거군요."

"응, 원래는 내가 지닌 기운이었지만 지금은 네 것이야."

차수정이 가만히 손을 뻗었다. 그녀의 검지 끝에서 냉기가 흘러나왔다.

이능력이 아니었다. 설하유운공을 운용함으로써 생겨난, 내공을 기반으로 한 냉기였다.

[허어.]

천마가 나직한 탄성을 뱉었다.

[체질상 빙공이 잘 어울릴 거라고는 생각했지만 이 정도일 줄은 몰랐군. 심공을 전수받자마자 기운을 어느 정도 다룰 줄이야.]

차수정이 재차 집중했다. 이번엔 약지 끝에서 냉기가 흘러나왔다.

설하유운공의 기운과는 별개의 힘. 이능력을 통해 만들어진 한기였다.

일견 비슷해 보이나 전혀 다른 기원을 지닌 두 줄기의 냉기가 서로를 향해 흘렀다. 그리고 꽈배기처럼 중지를 타고 흘렀다.

[적합한 외공 수련만 뒤따르면 되겠군. 체질과 자질을 보건대 그녀는 천부적인 무재를 타고났네.]

'그래?'

[음, 본좌의 시대였다면 능히 설천녀의 뒤를 이을 수도 있었을 걸세.]

새하얀 차수정의 손 위를 휘돌던 기운이 돌연 떨어져 나왔다.

나비의 형상을 갖춘 냉기가 나풀거리며 적시운을 향해 날아갔다.

적시운은 손바닥을 내밀어 나비를 받았다. 체온에 의해 냉기가 액화되어 물방울로 변했다.

"어때요?"

차수정이 어린아이처럼 웃으며 물었다. 적시운을 바라보는 두 눈에는 은근한 기대감이 어려 있었다.

정작 적시운은 천마와 대화하느라 그걸 보지 못했지만.

"잘했어. 그렇다고 내공을 너무 남용하지는 마. 무리해서 힘을 쓰려다 주화입마에 걸릴 수도 있으니까."

"……끝인가요?"

"응?"

적시운이 물끄러미 바라보자 차수정이 돌연 표정을 굳혔다.

"아니에요. 감사해요, 선배님."

딱딱하게 말을 뱉은 그녀가 방을 나가 버렸다. 적시운은 의아한 얼굴로 그녀의 뒷모습을 바라봤다.

3

신북경 지하 도시, 천무맹 본부.

무백노사의 명에 의해 수뇌부 회의가 소집되었다.

노사를 제외하고 모인 인물은 열하나. 본래대로라면 12명이었어야 할 그들은 바로 천무맹 12강이었다.

사신전의 수좌들, 그리고 팔부신중.

천무맹의 핵심 인사들을 앞에 두고서 무백노사가 입을 열었다.

"청룡전주 상우천이 죽었다."

이미 다들 알고 있는 사실.

그럼에도 장내의 공기가 절로 무거워지는 것은 문장이 품고 있는 의미의 무게감 때문이었다.

단순히 사람 하나가 죽은 게 아니다. 이는 천무맹이란 집단이 공습을 당한 것과 다름이 없었다.

요점은 그것이었다.

"격멸 명령만 내려주쇼. 이 몸이 현무사자들을 끌고 가 빌어먹을 조선반도를 쑥대밭으로 만들어 놓을 테니!"

쩌렁쩌렁 울리는 목소리는 황사룡의 것이었다.

12강 중 몇몇이 역시나 하는 표정을 지었다. 한두 번 회의를 해본 것이 아닌 만큼 이미 질릴 대로 보아온 레퍼토리였던 것이다.

뒤이어질 음성의 주인도 그들의 예상을 비켜 나가지 않았다.

"여러 선후배 앞이니 적당히 자중하게, 사룡."

백호전 수좌 남궁혁이었다. 황사룡이 투덜거리며 자리에 앉자 마지막 사신전 수좌의 음성이 들려왔다.

"하루 이틀 저 난장을 피우는 것도 아니고, 저 머저리들은 질리지도 않나?"

자리에 앉으려던 황사룡의 눈에서 불똥이 튀었다. 남궁혁 또한 미세하게 눈살을 찌푸렸다.

"이년 요화란!"

"왜? 돌대가리."

"상우천이 죽었는데 네년은 아무렇지도 않느냐!"

"그럼 네놈처럼 꽥꽥거리리?"

퇴폐적인 외모의 미녀였다. 해골 형태의 장신구로 온몸을 치장한 그녀는 장죽을 입에서 떼고서 연기를 훅 내뿜었다.

희미한 아편 냄새가 방 안을 맴돌았다.

"상우천이 죽었고 청룡전주 자리가 비었지. 그러니 그 자리를 채우면 그만이야."

"뭣이?"

"사룡, 그만하라."

남궁혁이 굳은 어조로 말하자 황사룡도 더 열을 내지 못했다.

주작전의 수좌, 흑살도후(黑殺刀后) 요화란이 붉은 혀를 드러내며 웃었다.

"말도 잘 듣네. 낑낑거리는 강아지처럼."

"이익!"

"그쯤 해두십시오, 두 사신전주."

굵직한 음성이 끼어들었다.

"죽은 청룡전주가 하늘에서 창피해 할 것입니다."

분노한 황사룡이 홱 고개를 돌렸다. 그러나 음성의 주인을 확인하고 주춤했다. 그 사내야말로 팔부신중의 으뜸인 제석천(帝釋天)이었던 것이다.

"쳇!"

황사룡이 철퍼덕 소리가 나도록 자리에 앉았다. 요화란 역시 더 이상 황사룡을 도발하진 않았다. 대놓고 보라는 듯한 웃는 낯은 그대로였지만.

"말씀하시지요, 노사."

상황을 정리한 제석천이 주도권을 무백노사에게 넘겼다.

무백노사는 쯧 하고 혀를 차고는 입을 열었다.

"천무맹은 원한을 잊지 않는다. 상우천의 복수는 반드시 이룰 것이다. 가장 처절하고 압도적인 형태로써!"

쩌렁쩌렁한 음성 뒤로 작은 한숨이 흘렀다.

"하나 맹주의 의중은 조금 다른 것 같다."

"맹주께서 그자를 찜하셨나 봐요?"

살랑거리는 요화란의 음성에 노사는 눈살을 찌푸렸다. 그래도 그녀의 말을 부정하진 않았다.

"그래. 맹주께오선 본인 스스로 놈과 결착을 내실 것임을 천명하고서 폐관에 들어가셨다."

어수선하던 장내의 분위기가 삽시간에 가라앉았다. 내내 장난스럽던 요화란조차도 진지한 표정을 할 정도였다.

"맹주께서 폐관을……."

"이게 대체 얼마만의 일이지?"

목소리를 낮춰 수군거리는 12강. 물론 그렇다 하여 못 알아들을 청력의 소유자는 이 자리에 한 명도 없었다.

"너희가 좀 더 생생히 받아들일 수 있게끔 부연하자면, 맹주께선 티폰 로드의 코어를 가지고 들어가셨다."

"……!"

묵직한 충격이 좌중을 스쳤다.

더블S 랭크의 초재앙급 마수. 궁극의 반인반수(半人半獸)라 불렸던 괴물 중의 괴물.

중국 정부와 대형 길드들이 협동하여 맞서야 했던 마수가 바로 티폰 로드였다.

물론 이를 배후에서 주도한 것은 천무맹이었다. 철저한 준비를 갖추고 사냥했음에도 수천의 사상자를 내고 말았는데, 그런 만큼 코어를 둘러싼 암투 또한 지독했다.

결과적으로, 혹은 필연적으로 티폰 로드의 코어는 백진율의 차지가 되었다. 그리고 백진율은 수년이 지난 지금까지도 티폰 로드의 코어를 처분하지 않았다.

집약된 에너지가 어마어마한 만큼 흡수에 있어서도 철저한 준비가 필요했던 것이다. 그리고 지금, 백진율은 코어를 지니고서 폐관에 들어갔다. 그것이 의미하는 바는 하나뿐이었다.

"맹주께서 입신지경의 벽을 깨기로 작정하셨군요."

제석천의 말에 무백노사가 고개를 끄덕였다.

"그렇다. 아마도 성공하시기 전까진 햇빛을 볼 생각이 없으실 게다."

"알겠습니다."

"그럼 기다려야 한다는 거요? 맹주께서 폐관을 끝내시는 순간까지?"

"아니."

무백노사가 단호히 말했다.

"맹주께서 한 단계 높은 차원의 무위를 이룩하여 돌아오리란 점엔 한 치의 의심도 없다. 그러나 맹주께서 놈을 너무나 의식하고 계신다는 점은 우려하지 않을 수 없다."

"놈이라 하심은?"

"적시운!"

11인의 12강은 순간 흠칫 놀랐다. 오랫동안 보지 못했던 무백노사의 절박감을 눈빛에서 엿보았던 것이다.

이제는 무림이란 이름조차 유명무실해진 세계.

세상의 무학을 독점하는 것은 천무맹이며 어느 누구도 이에 대적할 수 없다.

그 천무맹에서도 일인지하 만인지상의 자리에 있는 인물이 무백노사였다.

그 입지상 적도 많고 원한도 많은 노사였으나 언제나 여유를 잃은 적이 없었다.

'한데 그런 무백 영감이……'

'조바심을 느끼고 있다?'

이는 천무맹 12강에게 있어서도 신선한 충격이었다. 결코 유쾌하지만은 않은.

무백노사는 이글거리는 눈으로 좌중을 훑었다.

"너희 중 부지런한 이들은 노부가 보내준 자료를 확인했을 것이다. 게으른 것들은 콧방귀나 뀌고 말았을 테고."

일순 전자와 후자가 명백하게 드러났다. 남의 눈치 볼 것 없는 강자들인 만큼 감정과 생각이 표정에 잘 드러나는 12강이었다.

한데 황사룡마저 후자에 속해 있는 걸 깨달았을 때 무백노사는 기가 막혔다.

"이놈! 지난번에 노부가 그리 일렀거늘, 아직도 놈의 영상을 보지 않은 것이냐?"

"어, 맹주님과 협공하여 대재앙급 마수를 사냥했다는 그 영상 말씀이오?"

"그렇다! 아라크네 토벌 기록을 네놈들에게 일일이 보냈거늘!"

"아니, 그게…… 어차피 맹주님께서 다 하시고 그 한국 놈은 양념만 쳤을 텐데……."

"노부가 참으로 어리석구나. 너희 같은 무지렁이 놈들과 천하의 평안을 도모하려 하다니."

장탄식을 토하는 무백노사.

황사룡은 멋쩍음에 뒷머리만 긁적였다.

"그쯤 하시고 본론만 말씀해 주시오."

팔짱을 끼고 있던 또 한 명의 장한이 입을 열었다.

황사룡에 필적하는 거구. 그는 바로 팔부신중의 2인자인 권야차(拳夜叉)였다.

격정을 가라앉힌 무백노사가 겨우 운을 뗐다.

"이것부터 말해두마. 앞으로 벌어질 일에 대한 모든 책임은 노부가 질 것이다. 알겠느냐?"

제석천이 눈빛을 빛냈다.

"맹주의 명을 어길 생각입니까?"

"그렇다."

장내가 재차 술렁이기 시작했다. 앞선 것들보다도 큰 소란이었다.

"저기, 열 받은 건 알겠는데 말이요. 맹주께서 이 사실을 알았다간 영감이……."

"천무맹주의 명령은 절대적인 것. 그것을 어긴 맹도의 육신은 가장 가혹한 형벌에 처해진 후 갈가리 찢기리라. 그 철칙은 다름 아닌 노부가 만든 것이거늘 모를 수가 있겠느냐?"

"그렇다면……."

"이미 말했다. 모든 책임은 노부가 질 것이라고."

무백노사의 두 눈에 푸른 귀기가 어렸다.

"놈은 마(魔)의 맥을 이어받은 괴물. 중화의 평화를 위해서는 내버려 둘 수 없는 마물이다."

"그 한국인이 대체 무엇이기에 그리 경계하시는 겁니까?"

"천마의 후예!"

제석천과 남궁혁의 눈빛이 깊어졌다. 그 외 대다수는 뭐가 뭔지 몰라 얼떨떨한 얼굴이었다.

"마교의 잔당이 조선반도로 흘러들어 갔다는 겁니까?"

"모른다. 그러나 놈이 그 맥을 이었다는 것만은 분명하다."

"……."

"물론 놈이 맹주의 적수가 될 거라 생각하진 않는다. 하지만 모든 일엔 신중을 기울여야 하는 법이다."

"해서 맹주에게 알리지 않은 채 행동에 나서겠단 말씀입니까?"

"그렇다. 너희도 응당 노부를 도와야 할 것이다."

"노사를 존중하지 않는다는 뜻은 아닙니다만."

제석천이 표정을 굳혔다.

"우리 팔부신중은 오로지 한 사람, 천무맹주의 명령만을 따릅니다."

황사룡이 벌떡 일어났다.

"이것 봐, 제석천! 상우천의 복수를 하지 않을 생각이냐!"

"노사의 말씀대로라면 맹주께오서 폐관을 마치신 후 복수를 시작하실 터. 응보는 응당 이루어질 것입니다."

"그게 얼마가 걸릴지를 모르잖느냐! 겁쟁이 놈들!"

처처척!

팔부신중 여덟 명의 신형이 동시에 황사룡을 겨냥했다. 완벽한 전투태세.

득달같은 반응에 황사룡은 물론이고 남궁혁과 요화란도 긴장했다.

"머저리."

나직이 말을 뱉는 요화란. 황사룡은 이를 악물었지만 뭐라 반박하지 못했다.

"그만."

제석천의 말에 팔부신중이 적의를 거두었다. 세 사신전주는 내심 안도의 한숨을 내쉬었다.

"노부는 이미 목숨을 내놓았다. 너희 팔부신중이 끼지 않는다 하여도 계획을 포기하지 않을 것이다."

무백노사의 음성은 비장했다.

"그런 노부를 막을 것이냐, 제석천과 팔부신중이여?"

그를 돌아본 제석천이 짧은 침묵을 뒤로한 채 입을 열었다.

"우리는 맹주 아래 하나의 동지. 이런 일로 내분을 일으킬 수는 없을 것입니다. 더불어 노사의 염려가 이해 가지 않는 것도 아닌바, 조건부로 동참하겠습니다."

"그 조건이 무엇인가?"

석상처럼 무표정하던 제석천의 얼굴에 처음으로 표정이

생겨났다. 보는 이의 심장을 얼어붙게 할 법한 차디찬 미소
였다.

"그 조건은 바로……."

"저……."

잔뜩 얼어붙은 박수동이 소심하게 좌우를 돌아봤다.

"제가 무슨 잘못이라도 한 것인지……."

"아니, 오히려 그 반대야."

"예?"

백현준이 빙긋 웃었다.

"영광으로 알아라, 수동아. 네가 첫 타자다."

"예에?"

백현준이 적시운에게 시선을 돌렸다. 팔짱 끼고 있던 적시
운이 고개를 끄덕였다.

"해봐."

"예. 음, 그러니까 우선은 마보라는 자세부터 배울 건데,
내가 하는 대로 보고 따라 해봐라."

백현준이 두 발을 어깨너비로 벌리고서 기역 자가 되도록
쭈그려 앉았다.

멍하니 그것을 보던 박수동이 입을 씰룩거렸다.

"그게 웬 똥 싸는……."

순간 적시운의 눈치를 본 박수동이 황급히 입을 닫았다. 적시운은 피식 웃었고 백현준은 뒤통수를 후려갈겼다.

"닥치고 따라 해. 온종일 훈련장 구르기 싫으면!"

"예, 옙!"

박수동이 따라서 다리를 쭈그렸다.

그것을 본 백현준이 자세를 교정해 줬다. 한데 이번엔 얼마 못 버티고 다리를 후들거리다 철퍼덕 엎어지는 것이었다. 적시운으로서도 절로 쓴웃음이 나오는 광경이었다.

'엉망이지?'

[그 이상일세.]

천마가 과장되게 한숨을 쉬었다.

[이런 오합지졸에 추풍낙엽 같은 놈들을 데리고 천무맹 잡것들과 붙어야 하다니, 앞날이 캄캄하구먼.]

4

적시운은 소림의 나한공(羅漢功)을 개량한 심법을 백현준에게 전수했다. 그 과정에서 임맥을 타통시킨 덕분에 백현준은 단번에 심법 연공의 기초 단계를 건너뛸 수 있었다.

[본좌 때의 잣대로 보자면 이류 절정에서 일류 초입 사이라 할 수 있겠지. 하지만 인위적으로 임맥타통이 이루어진 까닭에 이 아해의 잠재력엔 상당한 손실이 있었네.]

무공이란 본래 스스로 깨치고 각성해야 하는 것. 타인에 의한 깨달음은 장기적으로 봤을 때 오히려 독이었다.

'하지만 어쩔 수 없다.'

잠재력이나 미래를 따져 가며 느긋하게 키워 나갈 시간이 없었다. 지금은 편법과 꼼수를 총동원하여 조금이라도 전력을 상승시켜야 했다.

그래서 적시운은 모든 과정을 속성으로 전개했다. 보법과 기수식 등의 기초적인 개념을 요점만 간략히 하여 백현준에게 가르쳤다.

차수정의 추천이 무색하지 않게도 백현준은 상당히 영리한 편이었다. 덕분에 적시운이 가르치는 요점을 금세 파악하고 체득할 수 있었다.

"난 당분간 이곳을 비우게 될 거다. 그 전에 기반을 닦아 줄 테니, 내가 없는 동안은 네가 길드원들에게 기초를 가르쳐야 해."

"솔직히 말씀드리자면 자신은 없습니다."

"그럴 테지. 나도 대단한 걸 바라진 않아. 그렇게 간단히 내력이 쌓이거나 육체가 단련되지도 않을 테고."

그렇더라도 해야만 했다. 천무맹 무사들에게 대항하기 위해서는.

"우리는 놈들보다 숫자도 적고 자원과 군수 물자도 열세야. 그나마 격차를 줄일 수 있는 유일한 부분은 개개인의 무력이지."

적시운은 담담한 어조로 말을 이었다.

"이게 필살의 승부수여서 시도하는 게 아니야. 이것조차 하지 않으면 아예 답이 보이지 않아서 그래."

"……."

"그 정도로 놈들과 우리의 전력 차이는 거대하니까."

2097년, 검은 안식일 이후 70여 년.

대(對)마수 전쟁의 폭풍 속에서 지구의 인구는 격감 일로를 걸었다.

현재는 공식적 집계조차 불가능해진 각국의 인구는 21세기의 절반 미만. 중국의 인구는 7억 미만으로 추정되었다.

한국 인구는 그보다 심한 수준. 2천만 미만이라는 게 대략적인 추정치였다.

단순 계산만으로도 30배를 훌쩍 넘는 차이.

당연히 정규군의 병력에도 어마어마한 차이가 있으리라.

거기에 천무맹까지 있다.

한국으로선 동원 가능한 모든 수단을 집중시켜도 모자랄

판이었다.

한데 아직 이 나라는 하나로 뭉치지도 못한 상황이었다. 신정부의 요청에 거의 모든 광역시에서 지지부진한 반응만 보이고 있었던 것이다.

"그래서 순방을 도실 생각이신 거군요."

"순방이라 할 만큼 거창하진 않지만, 일단은 그래. 어쨌거나……."

적시운이 고개를 돌렸다.

"그동안 열심히 해봐. 저런 녀석이 대부분이라면 가르칠 기분도 안 날 것 같지만."

훈련장 한구석. 옷 밖으로 배를 드러낸 채 드러누워 씩씩거리는 박수동이 그곳에 있었다.

숨은 턱까지 차올랐고 얼굴은 새파란 게 척 봐도 괴로워 보이는 모습이었다.

"그건 걱정 안 하셔도 됩니다. 저 모양 저 꼴인 것은 저 녀석 하나뿐일 테니까요."

"그러려나?"

"데몬 오더의 길드원은 대부분 특무부 요원, 그중에서도 김무원 부장님과 함께 쫓겨났던 자들입니다. 그중에 얼치기 같은 녀석은 없습니다."

"저놈만 빼고 말이지?"

"예."

"그런데 왜 저 녀석을 첫 번째로 골랐지?"

"자동차로 치면 시운전이랄까요? 저 녀석을 상대로 시행착오 좀 여럿 겪어보고서 본 게임에 적용할 계획입니다. 게다가…….."

백현준이 빙긋 웃었다.

"저놈이 제법 괴롭히는 재미가 있어서요."

적시운도 피식 미소를 지었다.

"그건 그래 보이는군."

"한데 저래서 과연 무공을 익힐 수나 있을지 의문입니다."

"가능해. 재능에 따라 편차가 있긴 하겠지만 크진 않으니. 아마 저 얼치기도 모든 연공 단계를 마치고 나면 하단전을 대강이나마 구축할 수 있을 거다."

"그때까지 얼마나 걸릴 거라 예상하십니까?"

"너희가 익힐 심법의 모태가 된 나한공은 총 6개의 연공 단계를 지녔고 단계별로 2개월씩 소모된다. 난 그 기간을 4분의 1가량으로 줄였어."

"6단계 전부 합쳐 3개월 코스라는 말씀이군요."

"그래, 그게 끝나면 비로소 하단전이 구성되고 내공이 축적되기 시작할 거다."

"한데 그 3개월 동안 평화롭기만 할 것 같지는 않습니다만……."

"그럴 테지. 뭐, 일이 벌어지면 그때그때 상황 봐가며 대응하는 수밖에."

백현준은 고개를 끄덕였다.

"그때까지 교관으로서의 임무에 멸사봉공하겠습니다."

과하다 싶을 만큼 정중한 태도에 적시운이 실소를 머금었다.

"그렇게까지 예의 차리지 않아도 되는데."

"적시운 님께선 저희들의 대장이시며 저 개인에게 있어선 생명의 은인이시기도 한데 그럴 수는 없습니다."

"듣는 내가 갑갑해서 그래. 내 또래인 네가 그리 점잔을 빼니 꼭 내가 꼰대라도 된 것 같잖아."

"어, 그렇습니까?"

"그래, 게다가 육체 연령은 내가 너보다 어릴걸."

"……?"

적시운이 작전에 투입됐던 때의 나이는 27살. 그게 10년 전 일이라지만 실제로 적시운이 경험한 기간은 1년이 채 되지 않았다. 고스란히 10년의 세월을 영위한 다른 사람들과는 시간의 축 자체가 달랐다.

"구구절절 설명해 봐야 이해하기도 힘들 테고, 그냥 그렇다고만 알아둬."

"예……."

백현준이 뒷머리를 긁적였다.

"어, 음. 그러면 형님이라 불러도 되겠습니까?"

"그게 편하다면 그렇게 해. 난 그만 가 볼 테니 알아서 일 보도록 하고."

"예."

묵례를 한 백현준이 소매를 걷어붙이고서 박수동에게로 걸어갔다.

적시운은 훈련장을 나섰다. 그러기 무섭게 천마가 혀를 찼다.

[무공을 전수하자마자 남들 가르치라고 떠민 꼴이라니. 탄탄한 안배라고는 도저히 못 하겠구먼.]

'그래서 할 수 있는 한도 내에선 모든 수단을 동원했잖아.'

심법의 전수 과정에는 격체신진술의 비법까지 동원했다.

천마가 행했던 것처럼 지식과 의식을 통째로 옮기진 않았지만, 심법에 대한 대략적인 정보는 백현준의 뇌리에 심을 수 있었다.

생경할 수밖에 없는 무공임에도 백현준이 비교적 빠르게 적응한 것은 그 덕분.

물론 그렇게까지 했더라도 기초 내가기공만 겨우 가르칠 수 있는 수준이었다.

지금으로선 그 정도로도 감지덕지였지만 말이다.

[음, 사실 그보다 더 중요한 일은 따로 있다고 생각하네.]

'그게 뭔데?'

[저번에도 말했던 걸로 기억하네만. 자네의 몸이 겪고 있는 내공과 외공의 불균형 말일세.]

아라크네의 코어를 흡수함으로써 적시운의 내공은 삽시간에 갑절 이상으로 증대되었다. 거기에 순례자의 코어를 통해 각성시킨 상단전의 공능이 더해져 내공을 다루는 적시운의 능력은 초월적인 경지에 올라 있었다.

다만 육체의 단련은 정체된 상황. 외공의 수준이 내공을 따라가질 못하고 있었다.

[당장은 괜찮을지 모르나 격렬한 전투 중엔 육체가 내력을 견뎌 내지 못하는 현상이 벌어질지도 모르네.]

'검기를 버티지 못한 칼날이 부서지는 것처럼?'

[정확하네.]

적시운은 고개를 끄덕였다. 안 그래도 천마와 비슷한 생각을 하고 있던 차였다.

'아무래도 이곳을 떠나 있는 동안 방안을 찾아봐야겠어.'

이튿날 아침에 박태수가 찾아왔다.

"새벽쯤에 부산 측 답신이 들어왔소. 부산시 김주용 시장은 신정부에 전격 협력할 것을 약속했소."

"잘됐군요."

"음, 한데 그와 별개로 동백 연합에서 귀하와 만나기를 바라고 있소."

"동백 연합이 뭡니까?"

"부산 내 대형 길드들의 연합이오. 유럽계 길드도 여럿 포함된 다국적 조직체이자 기업이기도 하지."

"근데 왜 이름이 동백이랍니까?"

"동백꽃은 부산시의 시화(市花)이자 시목(市木)이오."

"아."

"평소 로비도 철저히 해두었고 동백 연합과 우리 태천그룹과의 관계도 나쁘진 않소. 아마 귀하를 보자는 것도 친목을 다지려는 의도인 것 같소."

"그렇다면 다행이겠습니다만……."

박태수의 눈썹이 미세하게 꿈틀댔다.

"뭔가 걸리는 점이라도?"

"걸린 게 없더라도 있다고 가정하고 행동해야지요. 우리가 상대할 것들은 일국의 정부까지 쥐고 흔들던 작자들이니까요."

"으음."

내각 정부를 장악했던 천무맹이, 부산 쪽을 내버려 뒀으리란 건 순진한 생각일 터. 박태수도 그걸 깨닫고는 표정을 굳혔다.

"뭐, 그렇다고 여기에 죽치고 있을 순 없지만 말입니다. 호랑이 잡으러 호랑이 굴로 한번 들어가 보죠."

"그럼 비행선을 준비해 두면 되겠소?"

적시운은 고개를 저었다.

"이동 수단은 필요 없습니다."

"이미 따로 준비를 해두셨소?"

"아뇨, 도보로 이동할 생각이라서요."

박태수의 얼굴에 물음표가 떠올랐다.

"이유를 물어봐도 되겠소?"

"겸사겸사 산책하면서 생각도 정리할 계획…… 이라면 답변이 되겠습니까?"

"안 되더라도 나로선 반대할 수 없지. 귀하의 뜻을 전적으로 따르리다."

"넉넉잡아도 사흘이면 부산에 도착할 겁니다. 동백 연합에는 그렇게 전해주시길."

"알겠소이다."

─6기의 핵탄두를 발굴했네.

박태수가 떠나자마자 김성렬에게서 연락이 왔다.

군부를 안정시키자마자 곧장 2사단을 황해도에 재차 파견해 둔 차.

그 목적은 물론 하나, 핵탄두의 수색이었다.

─황강댐에서 동으로 10㎞도 떨어지지 않은 곳이더군. 한데 이상한 점이 있네.

"어떤 점 말입니까?"

─내부에 있어야 할 농축 우라늄이 감쪽같이 사라졌네.

"전부 말입니까?"

─그렇다네. 6기의 핵탄두 전부. 하나의 예외도 없이. 이상한 점은 그뿐만이 아닐세. 응당 남아 있어야 할 방사능 반응조차 검출되지 않는다더군.

"그렇다면……."

─모종의 이유로 인해 방사능이 모조리 사라졌거나……무언가에 흡수됐다는 뜻일 걸세.

본디 방사능은 흡수한다고 흡수될 물질이 아니다.

그러나 이것은 검은 안식일 이전의 상식. 블랙 링이 지구를 감쌈으로써 물리법칙이 송두리째 뒤바뀐 지금은 얘기가 달랐다.

"만약 무언가가 인위적으로 방사능을 흡수한 거라면…….."

―그 용의자는 십중팔구 마수일 테지. 아라크네보다도 먼저 황해도에 도착했던.

아직은 추측 단계일 뿐. 그렇더라도 머릿속에 담아둘 필요는 있어 보였다.

"특이 사항이 생길 시엔 지체 말고 연락 주십시오."

―알겠네.

김성렬과의 통신을 마친 적시운은 데몬 오더 본부로 향했다.

재건축 중인 본관을 지나 별관에 다다르니 안쪽에서 문이 열렸다.

밖으로 나오던 인물이 적시운을 발견하고는 흠칫했다.

"왜 그래? 유령이라도 본 것처럼."

농담조로 말을 건네니 고개를 살짝 숙이는 그녀. 차수정의 얼굴은 붉게 상기되어 있었다.

"동생은 많이 나아졌어?"

"네, 이제는 간단한 운동 정도는 할 수 있을 만큼 회복됐어요."

"잘됐네. 내공 수련은 순조롭고?"

고개를 끄덕인 차수정이 적시운의 눈치를 살폈다.

"저, 선배. 지난번에는……."

"지난번?"

무슨 일이라도 있었냐는 듯한 반응.

차수정은 쓰게 웃었다.

"아니에요. 아무래도 저 혼자 고민했었나 보네요."

"……?"

"그냥 잊어주세요. 그런데 오늘은 무슨 용무라도 있는 건가요?"

"응, 일단……."

적시운이 말했다.

"출장 갈 채비부터 해."

5

"그렇게 해서 선배, 아니, 길드장님께선 부산까지 출장을 가실 거예요. 동행으로 몇 분을 데려갈 생각이시고요."

"나, 나, 나, 나."

밀리아가 손을 휘휘 흔들었다. 그녀를 물끄러미 쳐다본 적시운이 한마디를 툭 던졌다.

"넌 안 돼."

"네에? 어째서요, 시운 님?"

"사고 칠 게 뻔해서."

"확실히 그건 그렇지."

그렉이 맞장구치자 밀리아가 휙 고개를 돌려 째려봤다. 이까지 으득으득 갈아대는 그녀를 향해 적시운이 말했다.

"밀리아."

"네, 시운 님?"

삽시간에 온화하게 변하는 표정. 목소리까지 그녀답지 않게 간드러졌다.

"조금 전에 차수정이 뭐라 설명했지? 이번에 부산에 내려가는 목적이 뭐라고 했는지 말해봐."

밀리아는 망치로 한 대 얻어맞은 표정이 되었다.

"그, 그건……."

식은땀을 흘리던 밀리아가 헨리에타의 옆구리를 쿡 찔렀다. 헨리에타는 살짝 눈살을 찌푸리면서도 입을 열었다.

"동백 연합이라 불리는 부산 지역 길드 연맹에서 적시운과 만나고자 하고 있어."

"동백?"

"카멜리아(Camellia). 아마도 그쪽에서 우릴 바라보는 시선은 그리 곱지 않을 거야."

"어째서?"

"우호적이었다면 자기네가 사람을 보내지, 이쪽더러 오라고 하진 않을 테니까."

밀리아가 멍하니 고개를 끄덕였다.

"근데 웃기는 놈들이네. 보통 싫어한다고 쳐도 그걸 대놓고 티 내진 않잖아?"

"자기네 힘에 자신이 있겠지. 헌터 숫자만 5만에 이를 정도면 자신이 있을 법도 하고."

"우리 쪽 헌터 숫자는 얼마나 되는데?"

"신서울에 5천, 과천에 1천 명 정도예요."

차수정이 대답했다.

밀리아의 표정도 새삼 심각해졌다.

"거의 10배 차이인 거네?"

"이건 헌터 숫자일 뿐이고, 전체적인 병력은 엇비슷한 수준이에요. 정규군은 우리 측이 우세하니까요."

"뒤집어 말하자면, 민간 헌터의 전력만으로도 일국의 정규군에 필적한다는 뜻이군."

그렉의 지적에 차수정은 고개를 끄덕였다.

"네, 그쯤 되니 항구도시임에도 지금껏 살아남을 수 있었던 거죠."

"흠."

"사실 전 지금도 이 계획에 반대예요."

차수정이 적시운에게 시선을 돌렸다.

"정말 부산을 찾아가고 싶으시다면 후위 병력이라도 대동하시는 게 낫지 않겠어요? 김성렬 장관님께 말씀드린다면……."

"그건 안 돼."

"어째서요?"

"도랑 치는 사람이 많아지면 미꾸라지가 다 도망가는 법이니까."

"그게 무슨……?"

"자세한 설명은 가면서. 어쨌든 밀리아는 여기 남아. 시킬 일도 따로 있고."

밀리아의 입이 비죽 튀어나왔다. 그래도 시킬 일이 있다니 더 불만을 표하진 않았다.

"헨리에타와 아티샤도 이곳에 남아. 차수정과 그렉만 데려갈 거다."

"나도 말인가?"

그렉이 의외라는 투로 반문했다.

"머리 좀 굴릴 사람이 필요해."

"그거라면 헨리에타도 떨어지지 않을 텐데?"

"머리 좀 많이 굴릴 사람이 필요해."

"그리 납득 가는 설명 같진 않군."

"그렇다고 해도 따를 거잖아?"

"그건 그렇지."

가볍게 수긍한 그렉이 말했다.

"네 성격에 비추어 보자면 지금 당장 출발할 가능성이 높겠군."

"정확히 맞혔어."

부산광역시, 동백섬.

북동쪽으로 해운대가 내려다보이는 고층 빌딩의 펜트하우스 안에서 회의가 벌어지고 있었다.

부산시 길드들의 운명공동체. 동백 연합.

그들이 갑론을박 중인 논제는 대한민국 신정부에 관한 것이었다.

"우선은 김주용 시장에게 경고부터 해야 하지 않겠소? 우리와는 한마디 상의도 없이 무조건적인 협력을 약속하다니."

"김주용은 어차피 박태수 따까리잖습니까. 신경 쓸 것 없습니다. 그 작자가 혀로 뱉은 약속이 뭐 의미가 있다고요?"

"중요한 건 태천그룹까지 새 정부를 지지하고 있다는 점입니다."

"뭔 소리여. KP와 태천의 합병 가능성이 있다, 그거가?"

"에이, 그건 솔직히 말도 안 되는 소리죠. 그동안 박가랑 권가가 얼마나 치고받아 댔는데."

"돈 앞에선 어제의 원수도 오늘의 친구가 되는 법이오."

"돈 많은 거 믿고 나대는 졸부 놈들을 이참에 확 쓸어버리죠?"

중구난방으로 튀어나오는 목소리들. 회의라기보다는 차라리 시장판의 술집 같은 분위기였다.

그럼에도 상석에 앉아 있는 사내는 제재하려 들지 않았다. 이 자유분방함이야말로 동백 연합의 본질이었기에.

그래도 위아래의 법도는 있는 듯, 상석의 사내가 입을 열자 알아서들 조용해졌다.

"권창수나 김성렬은 허수아비일 뿐입니다. 진짜 핵심 인사는 따로 있지요."

적발의 아이리쉬 여성이 손을 들었다.

"그게 누구죠?"

"적시운."

"……그게 누구죠?"

"하이고, 저래서 외국 아들은 안 된다. 이 나라에 들어온 지가 언젠데 아직까지도 저래 먹통이어서."

걸걸한 음성의 중년 사내가 투덜대자 적발의 여성이 눈을 부라렸다.

"말 좀 곱게 쓰시죠, 김계진 길드장님?"

"내사마 주둥이를 더럽게 놀려본 기억은 딱히 없수다, 오줌쟁이 아가씨."

"오, 오줌쟁이라뇨!"

"이름이 소피(所避) 아니오, 소피."

김계진은 그렇게 말하고서 껄껄 웃어댔다.

적발의 여성, 소피 로난이 씩씩거리자 상석의 사내가 중재에 나섰다.

"요즘은 70 먹은 어르신들도 그런 개그는 안 칩니다, 김 길드장님. 로난 길드장님도 제가 대신 사과할 테니 그만 화 푸시길."

"임성욱 의장님께서 그리 말씀하시니 이번에는 참겠어요."

"저, 저 깍쟁이 같은 반응 보소."

"김 길드장님."

"알았수다, 의장. 이제 걍 입 닫고 있으리다."

상석의 사내, 임성욱이 눈짓을 했다. 화이트보드 앞에 대기 중이던 오피스룩 차림의 여성이 홀로그램 프로젝터를 켰다.

"적시운은 대한민국 특무부의 2급 사이킥 출신입니다. 현재 연령은 37세이며 최근까지 10년 가까이 순직자로 처리되어 있었습니다."

적시운의 얼굴이 나타났다. 360도 전 방향을 확인할 수 있는 3D 홀로그램이었다.

"2급이면 대략 B랭크 이능력자 아닌가?"

"설명만 보자면 널리고 널린 피라미인데……."

"이 작자가 정말 배후에서 이번 쿠데타를 주도했단 말이지요?"

"이 화면을 주목해 주십시오."

얼굴이 사라지고 영상이 나타났다. 신서울 수비대와 전투 중인 적시운의 모습이었다.

맨손으로 기간틱 아머를 찢어발기고 권격의 풍압으로 휩쓸어버리는 광경.

영상이 끝난 뒤에 남은 것은 침묵뿐이었다.

"……."

"으음……."

"현재 적시운의 이능력 추정치는 최소 A랭크입니다. 더불어 그는 이능력 외적인 능력 또한 갖춘 것으로 보입니다."

"쉽게 말해 무공을 익혔다는 겁니다."

임성욱의 말에 길드장들의 고개가 돌아갔다. 모두의 시선을 받게 된 임성욱이 눈을 빛냈다.

"예, 중국 정부가 그토록 숨기고자 했던 기밀. 이능력과는 별개의 능력인, 육체의 잠재력을 모조리 끌어내는 고대의 무술 말입니다. 적시운은 그것을 익혔습니다."

"그렇다면 그자 또한……?"

"중화당의 끄나풀일 가능성은 낮습니다. 하지만 중국의 공적일까 하는 점은 의문입니다. 그가 펼치는 무술의 뿌리 또한 중국이니까요."

장내가 웅성거리기 시작했다. 또다시 시작되는 시장바닥 같은 대화의 장. 그러나 임성욱은 표정 한 번 구기지 않은 채 그들이 떠들게끔 내버려 두었다.

'그리고…….'

그럼에도 불구하고 모든 결정은 임성욱의 뜻대로 흐른다. 그것이야말로 이 연합의 백미였다.

"박태수 회장에겐 이미 우리의 뜻을 전해두었습니다. 부산시 지방정부와 동백 연합이 항상 뜻을 같이하는 건 아니라고, 우릴 설득하려면 적시운 본인이 와야 할 거라고 말입니다."

"잘하셨습니다, 의장님."

"아무렴 목마른 놈이 우물 파러 와야지요!"

길드장들의 압도적인 찬동 속에서도 임성욱은 표정을 관리했다.

"그자가 부산에 도착하고 나면 모든 게 확실해질 것입니다. 그가 어떤 생각으로 쿠데타를 일으켰는지, 앞으로의 목적이 무엇인지도 말입니다."

"의장님께서 그를 직접 맞이할 생각이신가요?"

"그렇습니다, 로난 길드장님. 아마도 그편이 가장 확실할 것입니다."

내내 담담하던 임성욱의 눈에 처음으로 호승심이 떠올랐다.

"저 또한 최후의 무맥을 이어받은 자니까요."

적시운은 차수정과 그렉을 대동한 채 과천을 떠났다.

"우선은 대전. 그다음으로 전주와 광주, 대구를 경유하여 부산으로 향할 생각이야."

"부산으로 바로 가는 게 아니군요?"

"응, 부산은 마지막으로 방문할 거야."

"나와 차수정을 고른 이유도 그와 관련된 거겠군."

"그래, 길드 내에서 너희 두 사람의 무위가 가장 뛰어나거든."

차수정도 그렉도 놀란 표정을 숨기지 않았다.

"외적으로 드러나는 성취도는 밀리아가 으뜸이지. 하지만 본질을 따지고 보면 그렇지 않아. 원체 육체 강화 능력자니까 무공과의 시너지가 커 보일 뿐이야. 진짜배기는 너희 둘이다."

"하지만…… 저는 무공을 전수받은 지 얼마 되지도 않았는 걸요."

"그런데도 성취가 빼어나지. 그게 체질이란 거고 재능이란 거야."

차수정이 쓰게 웃었다.

"좀 씁쓸한 얘기네요."

"뭐, 따지고 보면 이능력부터가 그렇잖아? 그래도 이능력과 달리 무공은 노력하는 자를 배신하진 않는 편이지."

적시운의 시선이 옆으로 향했다.

"안 그래, 그렉?"

"무슨 뜻이지?"

"시치미 떼기는. 매일같이 수련에 열중하고 있는 것 다 알아."

그렉의 눈썹이 미세하게 꿈틀댔다.

"딱히 할 일도 없었으니까."

"이유가 뭐가 됐든 너는 가장 많은 노력을 들였어. 그에 따르는 결실을 얻었고."

"그런 것도 알아볼 수 있나?"

"그 정도도 못 해서야 대장이라고 거들먹거릴 수 있겠어?"

"딱히 네가 거들먹거리지는 않는다고 보는데."

"나 말고, 그런 인간이 있어."

"……?"

"어쨌든 그런 이유로 나는 너희 둘을 골랐다. 그렇게만 알아둬."

"그럼 저희가 해야 할 일은 뭔가요?"

"나는 지금부터 대도시를 순회할 거다. 쥐새끼들을 찾아내기 위해서지."

적시운이 말했다.

"내가 찾아낼 테니, 너희가 때려잡아. 그러면 돼."

"저희가 말인가요?"

"그래, 이른바 도랑도 치고 가재도 잡는다는 거지."

이제야 두 사람도 감이 잡힌다는 표정이었다.

"간자(間者) 사냥이라는 거군."

나직이 중얼거린 그렉이 움찔했다.

"……왜들 그렇게 쳐다보는 거지?"

"그렉 씨, 외국인 맞으시죠?"

"보면 모르나?"

"그런데 우리나라 사람보다 언어 표현이 고급스러운 것 같아요."

"……칭찬인가?"

"물론 칭찬이죠."

"고맙군."

얼떨떨하게 대꾸한 그렉이 멍한 표정을 지었다. 피식 웃은 적시운이 걸음을 옮겼다.

20분 후, 그들은 대전광역시 청사 앞에 서 있었다.

"멈추십시오."

청사를 지키는 경비원들이 다가왔다.

"이 앞은 시의원 외 출입금지……."

말을 채 끝마치지 못하고 쓰러지는 경비원들.

그렉과 차수정이 돌아보니 적시운이 어깨를 으쓱였다.

"재운 것뿐이야. 관자놀이를 살짝 눌러서."

낌새조차 느끼지 못했다.

두 사람은 새삼 자신들과 적시운 간의 격차를 실감하며 전율했다.

적시운은 기감을 퍼뜨려 청사 내부를 살폈다. 이내 희미한 미소가 입가에 걸렸다.

"여기에 숨어 있었군."

6

"그럼 들어가자고."

적시운의 말에 차수정의 동공이 확대됐다.

"자, 잠깐만요. 그냥 무턱대고 들어갈 생각이세요, 선배님?"

"그럼 지금이라도 돌아갈까?"

의미심장한 적시운의 한마디. 차수정은 거품을 물고서 널 브러진 경비원들을 내려다봤다.

이미 발을 들였고 일은 벌어졌다. 이제 와 돌아간다고 수 습될 단계는 아니었다.

다시 적시운을 돌아보는 그녀의 얼굴엔 체념과 결심이 공 존했다.

"싸우는 것은 저와 그렉 씨 몫이란 말이죠?"

"싸워야 할 놈은 내가 지정해 주지. 뭐, 그러지 않아도 날 보면 거품 물고 달려들 것 같지만."

"알겠어요."

차수정은 나직이 심호흡을 했다.

"가요. 준비됐어요."

"그래."

적시운이 걸음을 옮겼다. 그 뒤를 따르며 그렉이 차수정에 게 말했다.

"앞으로는 편하게 말 놓도록. 보아하니 너희 나라의 어법 은 그런 식이던데."

차수정은 쓴웃음을 지었다.

"그렉 씨가 편해지면 말 놓을게요."

"내가 불편한가?"

"불편하다기보다는 대하기 조심스럽다고 해야 할까요? 그렉 씨에겐 격식을 차려야 할 것 같거든요."

"흠."

"싫다거나 불편하다는 건 아니에요. 그저 함부로 대해선 안 될 것 같다는 거죠."

"알겠다. 그럼 좋을 대로."

끼기기이익!

청사 정문을 가로막는 철제 바리케이드가 엿가락처럼 휘었다.

좌우로 쫙 벌어진 그 위를 적시운이 훌쩍 넘어갔다.

"적습! 적습이다!"

"정문이 뚫렸다! 각 조원 위치로!"

요란스러운 소리와 함께 청사 수비대가 몰려들었다.

"제압하나?"

"됐어. 너흰 이어질 싸움에나 대비해."

적시운이 한 걸음 슬쩍 앞으로 나섰다. 그것만으로도 뒤따른 그렉과는 10m 가까운 격차가 벌어졌다.

몰려드는 병력은 1개 소대 규모. 하나같이 간이 이능력 억제기와 개인화기로 무장했다.

"정지! 더 이상 움직이면 발포하겠다!"

전술 교범에 따라 외치는 지휘관. 그와 함께 수비대원들이 이능력 억제장을 펼쳤다.

적시운이 희미하게 펼쳐 놓았던 염동력 배리어가 우그러지는 게 느껴졌다.

그럼에도 위기감을 조금도 들지 않았다.

"너희는 좀 자라."

적시운이 살기를 폭사했다. 무형의 기운은 수비대를 향하여 해일처럼 짓쳐 들었다.

"……!"

"무, 무슨!"

피부에 확 와닿는 이질감.

정체불명의 느낌에 대한 경악을 터뜨리는 것도 잠시, 수비대의 낯빛이 하나같이 파랗게 질렸다.

"허, 허억……!"

"크…….."

도미노가 무너지듯 수비대원들이 우수수 허물어졌다.

적시운은 그들 모두가 기절했음을 확인하고서 어깨를 으쓱였다.

"써먹어 보는 건 처음인데 생각보다 효과가 좋네."

그저 살의만이 담겨 있는 살기와는 달랐다.

천마신공의 내공을 기반으로 한 기운은 의지만으로도 일반인의 신경계를 압박하는 게 가능했다.

상단전을 각성시켰기에 가능해진 수법. 죽이기에 찜찜한 이들을 처리하기엔 제격이었다.

"가자."

"아, 네."

멍하니 있던 차수정이 퍼뜩 정신을 차렸다.

찌르르릉!

경보음이 청사 내부를 뒤흔들고 있었다.

낯빛이 사색이 된 직원들이 우르르 몰려나오고 있었다.

차수정과 그렉이 긴장하자 적시운이 말했다.

"내버려 둬. 나타나면 내가 알려줄 테니."

"네."

세 사람은 인파를 거슬러 나아갔다.

청사 중심의 회의실에 다다르니 고급 양복을 갖춰 입은 시의원들이 쏟아지고 있었다.

마침 회의 중이던 차.

권창수를 통해 이들의 일정을 파악했기에 이 시간대를 노릴 수 있었다. 덕분에 간자들의 허를 찌르게 되었고.

빠르게 그들을 훑던 적시운이 눈빛을 빛냈다.

"저기, 검은 양복에 갈색 넥타이."

그렉이 허리춤에 손을 가져갔다.

"총화기는 쓰지 마. 먹히지도 않을 거야."

"그러지."

그렉이 곧장 신형을 날렸다. 적시운은 차수정을 돌아봤다.

"협공해. 그렉 혼자선 약간 버거울 거야."

"적은 저 한 사람뿐인가요?"

"이 건물 안에는."

고개를 끄덕인 차수정이 그렉을 뒤따랐다. 앞서 나간 그렉
은 일언반구도 없이 검은 양복을 향해 권격을 날렸다.

짜악!

채찍처럼 튀어나온 좌수가 주먹을 쳐 냈다. 그렉과 검은
양복이 시선을 교환했다.

"뭐, 뭐야!"

"습격이다!"

혼란스러운 인파 속에서 고함이 터져 나왔다. 몇몇은 경악
한 얼굴로 검은 양복을 돌아봤다.

"최 의원, 당신 대체……?"

"네놈들이로구나."

검은 양복이 으르렁거렸다. 제법 살집 좋고 풍만하던 체구
가 순간적으로 압축되어 근육만 남았다.

"전주를 살해하고 대천무맹에 반기를 든 어리석은 것들!"

화악!

검은 양복이 살기를 폭사했다. 그렉은 순간적으로 몸이 경직되는 것을 느꼈다.

그 찰나의 틈새를 노리고 검은 양복이 우수를 뻗었다.

손날을 세워서는 내공으로 강화한 수법. 정통으로 맞으면 암석이라도 깔끔히 쪼개질 터였다.

"어딜!"

혈관까지 얼어붙을 듯한 한기가 엄습했다. 흠칫 놀란 검은 양복이 황급히 방향을 틀었다. 손날은 아슬아슬하게 그렉의 옷깃만 스쳤다.

확!

그것만으로도 갈가리 찢겨 나가는 옷. 겉에 걸친 재킷뿐만 아니라 안쪽의 방검복까지 주욱 찢겨졌다.

'방검복이 아닌 피부였다면…….'

상상만으로도 끔찍했다.

그렉은 퍼뜩 정신을 차리고서 말했다.

"고맙다."

"뭘요."

차수정은 짤막히 대꾸하면서 검은 양복을 몰아쳤다.

아직 보법 및 권법을 체계적으로 익히지 않은 만큼, 그녀는 대한민국 특무부의 공식 체술을 펼치고 있었다.

복싱과 유도, 태권도가 기본이 된 무술.

엄밀히 따지면 설하유운공과 상성이 좋진 않았다. 그래도 아예 마구잡이로 주먹질을 날리는 것보다는 나았다.

"애송이들이!"

검은 양복이 분노하여 소리쳤다.

차수정의 체술 자체는 엉성하기 짝이 없었지만, 무지막지하게 흘려대는 한기로 인해 반격하기가 녹록지 않았다.

"그따위 실력으로 청룡전의 팽우열을 상대하려느냐!"

"그래!"

차수정이 두 줄기의 한기를 쏘아냈다.

하나는 이능력, 다른 하나는 설하유운공의 내기.

기본기가 엉망인데 상승 수법인 내가기공을 펼치는 모습은 사내의 상식을 아득히 넘어선 것이었다.

"뭐 이런 놈들이 다……!"

그렉이 옆구리 아래로 치고 들어갔다.

목표는 늑골 아래. 필연적 사각이자 급소였다.

"큭!"

팽우열이 황급히 그렉을 차내며 뒤로 빠졌다. 그렉은 무리하지 않고 양팔을 교차시켜 발길질을 막았다.

'위험하다!'

계집년도 양키놈도 엉성하기 짝이 없는 초짜였다. 그것은 보법이나 기수식만 봐도 알 수 있었다. 한데 품고 있는 내공이 보통이 아니다. 언밸런스하기 짝이 없었으나, 그렇기에 더더욱 위험했다.

스스스스!

차수정의 손아귀에 얼음창이 들렸다. 그것을 본 팽우열은 손목시계의 스위치를 눌렀다.

우우웅!

착용형 아티팩트가 발동, 주먹을 중심으로 이능력 소멸장이 구현됐다.

차수정이 지체 없이 얼음창을 던지자 팽우열이 주먹을 후렸다.

화악!

소멸하여 사라지는 얼음창.

그사이 그렉이 바닥에 손을 댔다.

쿠구구구!

두 발을 딛고 있는 대리석 바닥이 순간적으로 튀어 올라 발목을 붙들었다. 변형술사 특유의 형상 변이술이었다.

"쳇!"

팽우열은 힘으로 대리석 족쇄를 부수고 훌쩍 뛰었다.

거리를 벌리고 나니 냉정이 찾아왔다.

'혼자 상대하기엔 버겁다.'

더군다나 습격자가 저 연놈들뿐만은 아닐 터. 신중을 기할 필요가 있었다.

그래서 팽우열은 전음을 날렸다.

─습격이다! 대전 청사 본관! 시의회 회의실 앞이다. 청룡전 무사들은 속히 달려오라!

청룡전주 상우천이 그랬듯, 팽우열 역시 정치인으로 위장해 대전시 시의회에 침투해 있었다.

상우천과 달리 시의회를 완전히 장악하진 못했지만 괜찮았다. 어차피 신서울에 비하면 대전의 중요도는 낮았고, 내부 기밀을 빼돌리는 정도만으로도 충분했기에.

이는 상우천이 사망한 후에도 달라지지 않았다. 천무맹은 임무 지속을 원했고, 팽우열 또한 당분간 몸을 사리면 될 거라고만 생각했다.

'한데 이렇게 허를 찌르다니!'

간담이 서늘해졌지만 이내 안도했다. 습격자들의 무위가 생각보다 별로였던 것이다.

혼자라면 몰라도 지원만 있다면 충분히 제압하고도 남았다. 더군다나 조금 전 근방에서 대기 중인 동료들에게 전음을 보낸 차.

'오늘 이 손으로 청룡전주의 한을 풀어주리라!'

팽우열은 그렇게 다짐했다.

그리고 천마는 빙긋 웃었다.

[천 년이 지나도 저것들은 바뀌는 게 없군.]

우르르르!

적시운은 달아나는 인파 속에 있었다. 기감을 통해 안쪽의
전투를 체크하는 한편, 혹시 모를 외부의 개입을 방비할 목
적이었다.

그리고 그 와중에 팽우열이 흘린 전음을 도청했다. 이어서
전음에 호응하여 움직이는 기운들을 파악했다.

'3층. 외부 정원으로 이어지는 테라스.'

[잡것들이 위풍당당하게도 달려오는군. 호랑이 아가리 속인 줄
도 모르고.]

팟!

천하보의 제오보, 비엽보를 펼친 적시운이 인파 위를 거슬
러 날았다.

워낙 빠르고 은밀한지라 그 모습을 눈으로 확인한 이는 아
무도 없었다.

인파를 벗어나자마자 시우보로 전환, 계단 위로 훌쩍 날아
3층으로 쇄도했다.

건물 내로 들어선 청룡전 무사들이 두 갈래로 나뉘었다.
그중 하나가 적시운이 달리는 방향으로 신형을 쏘았다.

[보여주게나. 저들이 누구를 앞에 두고 있는지.]

적시운이 주먹을 그러쥐었다. 쇄도하던 무리의 선봉이 적시운을 발견했다. 복면에 가려진 얼굴 위로 낭패의 빛이 스쳤다.

"설마……!"

적시운이 주먹을 뻗었다.

쾅!

대량의 TNT의 맞먹는 폭발이 층 전체를 휩쓸었다.

정면에서 권격에 직격당한 무사들이 폭염에 휩쓸려 찢겨 나갔다.

여파는 그에 그치지 않고 3층 바닥을 폭삭 가라앉혔다.

쿠구구구!

세 사람이 전투 중인 1층 천장에서 흙먼지가 우수수 떨어졌다.

지원군만 기다리던 팽우열의 낯빛이 거멓게 죽었다. 조금 전까지 느껴지던 동료들의 기척이 소멸한 것이다.

-뭐, 뭔가? 무슨 일이 벌어졌는가? 무사한 자가 있다면 대답하라!

돌아오는 전음은 없었다. 또 한 번의 폭음만이 건물을 흔들 뿐.

쿠구구구궁……!

다른 한쪽의 동료들마저 소멸했다. 그 뒤로 남는 것은 하나의 가능성뿐.

마침내 모든 것을 알아챈 팽우열이 이를 악물었다.

"놈인가!"

콰악!

얼음으로 이루어진 단도가 손목에 박혔다. 움찔한 팽우열의 눈빛이 분노와 당혹감으로 흔들렸다.

"네년……!"

"흡!"

차수정이 기합성을 토하며 힘을 주었다. 팽우열의 손목이 시계와 함께 끊어져 나갔다. 잇따라 그렉이 피범벅이 된 상처 부위를 움켜쥐었다.

"무공만 보자면 우리는 너희를 따라잡지 못할 테지만."

"크……?"

팽우열의 눈동자가 흔들렸다. 그의 피부 위로 혈관들이 툭툭 불거졌다. 혈관은 이내 시커멓게 변색됐다. 그렉의 변환 능력에 의해 혈액에 녹아든 산소가 독소로 전환된 것이다.

"우린 이런 식으로도 싸울 수 있지."

"끄……!"

거품을 문 팽우열의 거구가 허물어졌다.

대전에 이어 전주, 광주, 대구에 이르기까지. 숨 쉴 틈 없이 이어진 소탕 작전에 청룡전 무사들은 손도 쓰지 못하고 궤멸당했다.

"이 정도면 충분하겠지."

대도시에서의 소탕은 끝났다.

소도시와 기타 지역에 숨어든 스파이가 있을지는 몰라도 큰 영향은 미치지 못할 터였다.

뒷수습은 권창수에게 일임했다. 소탕 과정의 과격함과 달리 무고한 피해자는 발생하지 않았기에 그나마 수월할 터였다.

"그럼 이제 남은 곳은 한 곳뿐인가?"

과천을 떠난 지 사흘째 되는 날. 적시운 일행은 부산에 도착했다.

to be continued

음악의 신

이창연 장편소설

손대는 가수마다 모두 실패한
마이너스의 손, 강윤.

사채업자에게 쫓겨
사랑하는 동생과 삶을 잃고 죽음을 맞는데…….

"혹시 원하는 게 있는가? 내 정신없어서 그냥 갈 뻔했군."
"그냥 다시 시작하고 싶네요. 처음부터 다시."

우연히 얻은 10년과 음악을 보는 눈!
더 이상 마이너스의 손은 없다.
3류든, 1류든 그의 손을 거치면 신화가 된다!

백수귀족 판타지 장편소설

Wish Books

바바리안

퀘스트

하늘산맥은 영혼들의 쉼터였고,
산 자는 하늘산맥을 올라선 안 된다.
모두가 그리 믿고 있었다.

"너는 위대한 전사가 될 거다, 유릭."

촉망받는 부족전사 유릭은 하늘산맥을 넘었고,
그곳에서 스스로를 문명인이라 칭하는 사람들과 마주한다.

『바바리안 퀘스트』

야만인 유릭이 문명세계로 간다.

한태민 현대 판타지 장편소설
Wish Books
채널마스터
CHANNEL MASTER
할아버지 집 창고 정리 중 찾아낸 텔레비전.
그런데 이놈 보통 텔레비전이 아니다.
[채널 마스터 시스템에 접속하였습니다.]
[사용자의 정보를 분석합니다.]
[필요로 하는 채널을 업데이트합니다.]
경험을 쌓아서 채널을 더 확보해라!
그 채널이 고스란히 네 능력이 되어줄 테니.

거신 사냥꾼

온후 퓨전 판타지 장편소설

최후의 영웅.
500명의 영웅 중 살아남은 건 오한성뿐이었다.

그리고 그마저 모든 것을 놓은 순간.

과거로 돌아왔다.

목숨을 걸어야 한다면 걸겠다.
그것이 이 모든 좌절과 절망을 지워 버리는 길이라면,
더 이상 영웅이 아닌, 승리를 위한 악당이 되겠다!

"준비는 끝났다."

영웅과 악당, 신과 악마, 모든 변화의중심.
그의 일대기에 주목하라.